MANESSE BÜCHEREI

16

Carlos Fuentes

Verhüllte Tage

Erzählungen

Aus dem mexikanischen Spanisch übersetzt
und mit einem Nachwort versehen
von Maria Bamberg

Manesse Verlag
Zürich

Inhalt

Chac Mool

Vor kurzem ist Filiberto in Acapulco ertrunken. Es passierte in der Osterwoche. Obwohl er aus dem Amt entlassen worden war, konnte Filiberto der bürokratischen Versuchung nicht widerstehen, wie jedes Jahr in die deutsche Pension zu fahren, das von der hitzigen tropischen Küche gewürzte Sauerkraut zu essen, am Karsamstag in La Quebrada zu tanzen und sich in der obskuren Anonymität von Playa de Hornos als ‹bekannte Persönlichkeit› zu fühlen. Gewiß, wir wußten, daß er in seiner Jugend ein guter Schwimmer gewesen war; aber nun, mit vierzig und so kränklich, wie er aussah – um Mitternacht den Versuch zu machen, die lange Strecke zwischen Caleta und der Insel La Roqueta zu durchqueren! Frau Müller erlaubte es nicht, ihn in der Pension aufzubahren, obwohl er ein alter Kunde war; im Gegenteil, sie arrangierte ein Tanzfest auf der stickigen kleinen Terrasse an jenem Abend, als Filiberto, sehr bleich in seinem Sarg, darauf wartete, daß der Morgenbus die Endstation verließe, und die erste Nacht seines neuen Lebens zwischen Bündeln und Lattenkisten verbrachte. Als ich morgens zu früher Stunde ankam, um die ordnungsgemäße Überführung des Sarges zu überwachen, lag Filiberto unter einem Berg Kokosnüsse: der Fahrer meinte, wir sollten ihn so schnell wie möglich unter die Plane schieben und zudecken, damit die Passagiere sich nicht graulten, und hoffentlich brächte er uns kein Unglück.

Mit dem Frühwind fuhren wir aus Acapulco weg. Bis Tierra Colorado war es hell und heiß geworden. Ich aß mein Frühstück, Eier und Wurst, und öffnete währenddessen Filibertos Tasche, die ich am Vortage zusammen mit seinen anderen Habseligkeiten aus der Pension Müller mitgenommen hatte. Zweihundert Pesos. Eine alte Zeitung aus Mexiko City. Lotterielose. Einfache Fahrkarte – einfach? Und das billige karierte Heft mit marmoriertem Deckel.

Trotz Kurven, Gestank nach Erbrochenem und einer Art Taktgefühl gegenüber dem Privatleben meines verstorbenen Freundes machte ich mich daran, es zu lesen. Er würde – jawohl, damit fing er an – sich an unsere tägliche Arbeit im Büro erinnern; vielleicht würde ich am Schluß wissen, warum er so heruntergekommen war, seine Pflichten vernachlässigt, Schriftsätze ohne Sinn, ohne Nummer, ohne die Eingangsformel «Effektives Wahlrecht – keine Wiederwahl» diktiert hatte – warum er schließlich fortgejagt wurde, ohne Rente, ohne Rücksicht auf das Dienstalter.

«Heute habe ich die Angelegenheit mit meiner Rente erledigt. Der Lizenziat war äußerst liebenswürdig.

Ich verließ ihn so froh, daß ich beschloß, fünf Pesos in einem Café auszugeben. Es ist noch dasselbe, in dem wir als junge Leute oft gesessen haben und das ich heute nie besuche, weil es mich daran erinnert, daß ich mir mit zwanzig mehr leisten konnte als mit vierzig. Damals standen wir alle auf der gleichen Ebene, hätten energisch jede geringschätzige Ansicht über unsere Freunde zurückgewiesen; wir kämpften wirklich für diejenigen, die im Institut wegen ihrer einfachen Herkunft oder ihrer mangelnden Eleganz kritisiert wurden. Ich wußte, daß viele von ihnen (vielleicht die ärmsten) sehr hoch steigen und daß sich hier, in der Juristischen Fakultät, die dauerhaften Freundschaften knüpfen würden, um gemeinsam das wilde Meer zu befahren. Nein, so ist es nicht gekommen. Es gab keine Regeln. Viele der Unscheinbaren sind da geblieben, wo sie waren, viele sind höher gestiegen, als wir während jener hitzigen, herzlichen Stammtischrunden hätten vorhersagen können. Andere, die, wie ich, alles zu versprechen schienen, sind auf halbem Wege liegengeblieben, in einer außerplanmäßigen Prüfung aus dem Felde geschlagen, durch einen unsichtbaren Graben getrennt von denen, die es geschafft, und von denen, die nichts erreicht haben. Sei dem, wie ihm wolle, heute setzte ich mich, wieder einmal, auf einen der neuen Stühle – jetzt gibt es auch, wie die Barrikade einer Invasion, einen Limonadenausschank – und tat, als ob ich Akten läse. Ich sah viele ehemalige Mitschüler, verändert, von Gedächtnisschwund befallen, überstrahlt vom Neonlicht, wohlhabend. Zusammen mit dem Café, das ich kaum wiedererkannt hatte, mit der Stadt selbst, hatten sie sich in einem andern Rhythmus als ich herausgemacht. Nein, sie erkannten mich nicht wieder – oder wollten mich nicht wiedererkennen. Höchstens – einer oder zwei – eine rasche, fette Hand auf die Schulter gelegt: hallo, alter Junge, wie geht's. Zwischen ihnen und mir lagen die achtzehn Löcher des Country Clubs. Ich verschanzte mich hinter meinen Akten. An meiner Erinnerung zogen die Jahre der großen Illusionen, der glückverheißenden Prophezeiungen vorüber, und dazu all die Unterlassungen, die ihrer Verwirklichung entgegengestanden hatten. Schmerzlich war es, nicht mehr in die Vergangenheit greifen und die Teile eines vergessenen Puzzles nachträglich zusammenfügen zu können; aber der Spielzeugkasten gerät in Vergessenheit, und wer weiß am Ende, wo die Bleisoldaten, die Helme, die Holzschwerter geblieben sind? Die so geliebten Verkleidungen – mehr als das sind sie nicht gewesen. Und doch – Ausdauer, Disziplin, Pflichtbewußtsein – die hatte es gegeben. Nicht genug? Oder zuviel? Ab und zu überkam mich eine Erinnerung an Rilke: der große Lohn des Abenteuers Jugend muß der Tod sein; mitsamt unseren Geheimnissen sollten wir als Jünglinge Abschied nehmen. Dann müßte ich heute nicht mehr den Blick zu den Salzstädten zurückwenden. Fünf Pesos? – Zwei sind Trinkgeld.»

«Neben seiner Leidenschaft für Handelsrecht liebt Pepe das Theoretisieren. Er sah mich aus der Kathedrale kommen, und wir gingen zusammen zum Palacio. Er glaubt nicht an Gott, aber das genügt ihm noch nicht; mitten auf der Straße mußte er eine Theorie aufstellen: wenn ich nicht Mexikaner wäre, würde ich Christus nicht anbeten, und – nein, sieh doch, es ist ganz offensichtlich. Die Spanier kommen und verlangen, du sollst einen toten Gott verehren, einen Blutklumpen mit angestochener Seite, an ein Kreuz genagelt. Hingeschlachtet. Geopfert. Was ist natürlicher, als ein Lebensgefühl zu akzeptieren, das derart verwandt ist mit deiner eigenen Formenwelt, deiner ganzen Existenz?... Stell dir im Gegensatz dazu vor, daß Mexiko von Buddhisten oder Moslems erobert worden wäre. Unvorstellbar, daß unsere Indianer jemanden verehren könnten, der an Magenverstimmung gestorben ist. Aber ein Gott, dem es nicht genügt, daß man sich für ihn opfert, sondern der selbst hingeht und sich das Herz herausreißen läßt – Donnerwetter, Schach dem Huitzilopochtli! Das Christentum, im heißen, blutigen Sinn von Opfer und Liturgie, wird zu einer natürlichen und neuartigen Fortsetzung unserer angestammten Religion. Die Aspekte Barmherzigkeit, Liebe, die andere Backe, die werden dagegen abgelehnt. Und alles in Mexiko ist so: die Menschen müssen umgebracht werden, damit man an sie glauben kann.

Pepe kannte seit langem meine Vorliebe für bestimmte Formen der mexikanischen Eingeborenenkunst. Ich sammle kleine Statuen, Götterbilder, Tonarbeiten. Meine Wochenenden verbringe ich in Tlaxcala oder Teotihuacán. Vielleicht spielte er deswegen in den Theorien, die er sich für mich ausdenkt, auf diese Themen an. Tatsächlich suche ich seit langem eine passable Kopie des Chac Mool, und heute berichtet mir Pepe von einer Stelle in La Lagunilla, wo einer aus Stein zu verkaufen ist, noch dazu preiswert. Am Sonntag werde ich mal hinfahren.
Ein Witzbold hat das Wasser der Karaffe in unserem Büro rot gefärbt, die Folge war eine Störung der gesamten Arbeit. Ich mußte es dem Direktor melden, der nur sehr gelacht hat. Der Schuldige hat die Gelegenheit benutzt, sich den ganzen Tag über mich zu mokieren, immer auf das Wasser anspielend... Sch...»

«Heute, am Sonntag, habe ich die Gelegenheit benutzt und bin nach La Lagunilla gefahren. Ich fand den Chac Mool in dem Trödellädchen, das Pepe mir genannt hatte. Ein wunderbares Stück, lebensgroß; obwohl der Händler auf seine Echtheit schwört, bezweifle ich sie. Der Stein ist ganz gewöhnlich, aber das mindert weder die Eleganz der Haltung noch die Massigkeit des Blocks. Der unselige Verkäufer hat den Bauch des Götzenbilds mit Tomatenketchup

bestrichen, um die Touristen von der blutigen Echtheit der Skulptur zu überzeugen.
Der Transport nach Hause hat mich mehr gekostet als der Ankauf. Aber nun ist er hier, für den Augenblick im Keller, so lange, bis ich mein Sammlerkabinett umräume, damit er hineinpaßt. Diese Figuren brauchen senkrecht von oben brennende Sonne; die war ihr Element und ihre Bedingung. Mein Chac Mool verliert viel in dem finsteren Keller; dort ist er nichts als ein toter Block, und seine Fratze scheint mich vorwurfsvoll anzusehen, weil ich ihm das Licht verweigere. Der Händler hatte eine Glühlampe direkt über der Skulptur angebracht, die ihre Umrisse betonte und ihr ein freundlicheres Aussehen gab. Das werde ich auch tun müssen.»

«Als ich heute morgen aufwachte, war das Abflußrohr kaputt. Unvorsichtigerweise hatte ich das Wasser in der Küche laufen lassen, es floß auf den Fußboden und drang durch bis zum Keller, ohne daß ich es gemerkt hätte. Dem Chac Mool macht die Feuchtigkeit nichts aus, aber meine Koffer haben gelitten. All dies, an einem Alltag, ließ mich verspätet im Büro erscheinen.»

«Endlich sind die Klempner gekommen und haben die Leitung repariert. Die Koffer haben sich verzogen. Und der Chac Mool ist am Sockel voll Schlamm.»

«Um ein Uhr aufgewacht: hörte ein entsetzliches Jammern. Dachte an Diebe. Reine Einbildung.»

«Das nächtliche Klagen geht weiter. Ich weiß nicht, wo es herkommt, aber ich bin nervös. Zu allem Übel ist die Leitung schon wieder kaputt, und der Regen hat den Keller überschwemmt.»

«Der Klempner kommt nicht; ich bin verzweifelt; nicht zu reden vom städtischen Wasserwerk: zum ersten Mal läuft das Regenwasser nicht in die Gullies ab, sondern in meinen Keller. Das Klagen hat aufgehört; wenigstens etwas.»

«Der Keller ist wieder trocken und der Chac Mool voll Schlamm. Grotesk sieht er damit aus, denn die gesamte Skulptur scheint an einer Art grünem Ausschlag zu leiden, außer den Augen, die steinern geblieben sind. Ich werde den Sonntag dazu benutzen, das Moos abzukratzen. Pepe hat mir geraten, in ein Mietshaus umzuziehen und eine Wohnung im obersten Stock zu nehmen, um solche Wasserkalamitäten zu vermeiden. Aber ich kann dies alte Haus nicht verlassen; gewiß ist es zu groß für mich allein, ein bißchen finster mit seiner Architektur aus Porfirio Díaz' Tagen. Denn es ist das einzige Erbe und eine Erinnerung an meine Eltern. Ich weiß nicht, was ich täte, wenn ich eine Sodabar mit Musikautomat im Keller und ein Dekorationsgeschäft im Erdgeschoß sehen müßte.»

«Mit einem Spatel habe ich den Schorf vom Chac Mool abgekratzt. Er war schon fast mit dem Stein verwachsen; länger als eine Stunde arbeitete ich daran und war erst um sechs Uhr nachmittags fertig. Im Halbdunkel konnte ich nicht besonders gut sehen; nach Beendigung der Arbeit tastete ich die Oberfläche des Steins ab. Jedesmal schien der Block unter der Berührung meiner Hand weich zu werden. Ich weigerte mich, es zu glauben: das war fast eine Art Paste. Der Händler aus La Lagunilla hat mich beschwindelt. Seine präkolumbianische Skulptur ist reiner Gips, und die Feuchtigkeit wird sie gänzlich ruinieren. Ich habe ein paar Lappen darüber gelegt; morgen werde ich sie nach oben tragen, bevor sie ganz verdorben ist.»

«Die Lappen sind heruntergefallen. Unglaublich. Ich habe den Chac Mool wieder betastet. Er ist härter geworden, aber nicht so wie Stein. Ich mag es nicht niederschreiben: der Körper hat etwas Fleischernes, wenn ich die Arme drücke, fühlen sie sich an wie aus Gummi, ich merke, wie in dieser liegenden Figur etwas pulsiert... Nachts bin ich noch einmal hinuntergegangen. Kein Zweifel: der Chac Mool hat Flaum auf seinen Armen...»

«Das ist mir noch nie passiert. Ich brachte die Vorgänge im Büro durcheinander, überwies einen nicht genehmigten Betrag, und der Direktor mußte mir eine Rüge erteilen. Ich war möglicherweise sogar grob zu meinen Mitarbeitern. Ich muß zu einem Arzt gehen, muß wissen, was es ist, ob Einbildung oder Delirium, muß mir diesen verfluchten Chac Mool vom Halse schaffen.»

Bis hierher war Filibertos Handschrift die alte, die ich so oft auf Formularen und Memoranden gesehen hatte: breit und rund. Die Eintragung vom 25. August dagegen schien ein anderer geschrieben zu haben: manchmal wie eine Kinderschrift – jeder Buchstabe mühsam vom andern getrennt, dann wieder nervös, sich bis zur Unkenntlichkeit verwischend. Drei Tage bleiben leer, dann geht der Bericht weiter:

«Alles ist so natürlich; und dann glaubt man daran... Aber dies ist das Wirkliche, mehr als das, was ich bisher geglaubt habe. Wenn eine Karaffe etwas Wirkliches ist, und das um so mehr, wenn uns ihre Existenz, ihr Sein, auffällt, weil ein Spaßvogel das Wasser darin rot färbt... Ist der flüchtige Zug an einer Zigarette wirklich... das groteske Bild in einem Zerrspiegel... sind es nicht auch alle Toten, die gegenwärtigen und die vergessenen? Wenn ein Mensch im Traum das Paradies durchwandelte und man gäbe ihm eine Blume in die Hand zum Beweis, daß er dort gewesen ist, und beim Erwachen hielte er die Blume in der Hand... was dann? Wirklichkeit: eines Tages wurde sie in tausend Scherben zerbrochen, der Kopf fiel hierhin, der Schwanz dorthin, und wir kennen nicht mehr als ein Stück ihres großen Leibes. Der weite, fiktive Ozean – nur wirklich, wenn wir ihn im Rauschen einer Seemuschel einfangen. Bis vor drei Tagen war meine Wirklichkeit das, was heute ausgelöscht ist. Sie war Reflex, Routine, Gedächtnis, Aktendeckel.

Und dann, wie die Erde, die eines Tages bebt, damit wir uns an ihre Macht erinnern, oder wie der Tod, der eines Tages kommen muß und mir vorhalten wird, daß ich ihn mein ganzes Leben lang vergessen habe, zeigt sich eine andere Wirklichkeit: wir wußten, daß sie da war, verborgen – schlafend – nun schüttelt sie uns, wird lebendig und gegenwärtig. Wieder habe ich gedacht, es sei reine Einbildung: der Chac Mool, nachgebend und wohlgestalt, hatte in einer Nacht seine Farbe gewechselt: gelb, beinahe golden, schien er mir andeuten zu wollen, er sei ein Gott, momentan entspannt, die Knie weniger steif als gestern, das Lächeln freundlicher als vorher. Und gestern endlich: Auffahren aus dem Schlaf, in der grauenvollen Gewißheit, daß zwei in der Nacht atmen, in der Finsternis mehr Pulse pochen als der eigene. Ja, da waren Schritte auf der Treppe. Nachtmahr. Wieder eingeschlafen... Ich weiß nicht, wie lange ich Schlafen vortäuschte. Als ich die Augen wieder öffnete, war es noch nicht hell. Das Zimmer roch nach Grauen, nach Weihrauch und Blut. Verwirrt sah ich mich in der Schlafkammer um, bis mein

Blick auf zwei flackernde Lichtpunkte traf, zwei grausame gelbe Flämmchen.
Fast ohne Atem knipste ich das Licht an. Da stand Chac Mool, hoch aufgerichtet, lächelnd, ockerfarben, mit seinem blutroten Bauch. Die beiden schielenden, dicht neben der dreieckigen Nase liegenden Äuglein lähmten mich. Seine unteren Zähne gruben sich in die unbewegliche Oberlippe; nur das Funkeln der viereckigen Kappe auf dem abnorm großen Kopf verriet Leben. Chac Mool schritt auf mein Bett zu; da fing es an zu regnen.»

Ich weiß noch, daß Filiberto Ende August aus dem Amt entlassen wurde, mit einer öffentlichen Rüge vom Direktor und Gemunkel von geistiger Umnachtung, sogar von Diebstahl. Das habe ich nicht geglaubt. Ich habe allerdings mehrere verworrene Schriftstücke gesehen, in denen der Bürovorsteher gefragt wurde, ob man das Wasser riechen könne, in denen jemand dem Minister für Wasserversorgung anbot, in der Wüste Regen zu produzieren. Ich habe mir auf all das keinen Reim machen können; vielleicht hatten die in diesem Sommer ungewöhnlich starken Regenfälle meinem Freund zugesetzt. Oder das Leben in dem großen alten Haus, ohne Dienstboten, ohne Familie, in dem die Hälfte der Zimmer abgeschlossen und eingestaubt waren, hatte ihn irgendwie moralisch zermürbt. Die folgenden Eintragungen stammen von Ende September:

«Chac Mool kann sympathisch sein, wenn er will ... ‹Ein Plätschern wie von silberhellen Quellen› ... Er weiß phantastische Geschichten über die Monsune, die tropischen Regengüsse und den Fluch der Wüsten; für jede Pflanze ist er der mythische Vater: die Weide ist seine verirrte Tochter; die Lotusblumen sind seine verhätschelten Kinder; der Kaktus ist seine Schwiegermutter. Was ich nicht ertragen kann, ist der außermenschliche Geruch, der diesem Fleisch entströmt, das keines ist, diesen Sandalen, die vor Alter glänzen. Mit schrillem Lachen erzählt Chac Mool, wie er von Le Plongeon entdeckt wurde und körperlich mit Menschen anderen Glaubens in Kontakt kam. Sein Geist hat in Wasserkrügen und Gewittern gelebt – natürlich; anders ist es mit seinem Stein, und daß man den aus seinem Maya-Versteck, wo er ruhte, herausgerissen hat, ist willkürlich und grausam. Ich glaube, daß Chac Mool das niemals verzeihen wird. Er weiß um die Unmittelbarkeit des Künstlerischen. Ich habe ihm flüssige Seife geben müssen, damit er sich das Ketchup vom Bauch abwaschen konnte, mit dem ihn der Händler, im Glauben, er sei aztekisch, beschmiert hatte. Meine Frage nach seiner Verwandtschaft mit Tláloc, dem aztekischen Regengott, schien ihm nicht zu gefallen, und wenn er böse wird, dann werden seine ohnehin widerwärtigen Zähne spitz und funkelnd. In den ersten Tagen ging er abends nach unten in den Keller; jetzt schläft er in meinem Bett.»

«Die Trockenzeit hat angefangen. Gestern hörte ich vom Wohnzimmer aus, in dem ich jetzt schlafe, die gleichen heiseren Klagelaute wie anfangs und danach einen furchtbaren Krach. Ich ging die Treppe hinauf, öffnete vorsichtig die Tür des Schlafzimmers: Chac Mool war dabei, die Lampen und das Mobiliar zu zerschlagen; als er mich sah, sprang er mit gekrallten Fingern auf die Tür zu, knapp konnte ich sie zuwerfen und mich im Badezimmer verstecken. Später kam er herunter und bat keuchend um Wasser: den ganzen Tag läßt er die Wasserhähne laufen, im ganzen Haus gibt es keinen trockenen Zentimeter mehr. Ich muß mich zum Schlafen warm einpacken und habe ihn gebeten, das Wohnzimmer nicht mehr zu überschwemmen.» (Filiberto erklärt nicht, in welcher Sprache er sich mit dem Chac Mool verständigte.)

«Heute hat der Chac das Wohnzimmer unter Wasser gesetzt. Aufgebracht erklärte ich ihm, ich würde ihn dem Trödler in La Lagunilla zurückgeben. So furchtbar wie sein Kichern – entsetzlich anders als irgendein Gelächter von Mensch oder Tier – war die Ohrfeige, die er mir mit seinem reifenbehängten Arm versetzte. Ich muß mich damit abfinden: ich bin sein Gefangener. Ursprünglich hatte ich mir das ganz anders gedacht: ich würde Chac Mool beherrschen, wie man ein Spielzeug beherrscht; vielleicht war es ein Rest kindlichen Überlegenheitsgefühls gewesen;

aber die Kindheit – wer hat das gesagt? – ist eine Frucht, die von den Jahren verzehrt wird, und ich habe es nicht bemerkt ... Er hat sich meine Kleidung angeeignet und zieht sich den Schlafrock an, wenn ihm der grüne Schorf wächst. Der Chac Mool ist daran gewöhnt, daß man ihm gehorcht, von jeher und für immer; ich, der ich nie befohlen habe, kann mich ihm nur beugen. Solange es nicht regnet – und was ist mit seiner magischen Macht? –, bleibt er übellaunig und reizbar.»

«Heute entdeckte ich, daß Chac Mool nachts das Haus verläßt. Wenn es dunkel wird, singt er eine uralte knarrende Melodie, älter als der Gesang selbst. Dann wird es still. Ich habe ein paarmal an seine Tür geklopft, und da er nicht antwortete, wagte ich einzutreten. Seit dem Tage, als die Skulptur mich angreifen wollte, hatte ich das Schlafzimmer nicht mehr betreten: alles ist kaputt, und dort konzentriert sich der Gestank nach Weihrauch und Blut, der das ganze Haus erfüllt. Aber hinter der Tür liegen Knochen: Knochen von Hunden, Mäusen, Katzen. Das ist es, was sich der Chac Mool nachts als Nahrung zusammenstiehlt. Das erklärt das grauenvolle Geheul jeden Morgen.»

«Februar, trocken. Chac Mool bewacht jeden meiner Schritte; er hat mich gezwungen, ein Speisehaus anzurufen, damit man mir täglich einen Henkelmann

bringt. Aber das im Büro unterschlagene Geld geht seinem Ende zu. Das Unvermeidliche ist geschehen: seit dem Ersten hat man mir Wasser und Strom abgestellt, weil keine Zahlung erfolgte. Aber zwei Straßen weiter hat Chac Mool einen öffentlichen Hydranten entdeckt: jeden Tag laufe ich zehn- oder zwölfmal nach Wasser, und er beobachtet mich von der Dachterrasse aus.
Wenn ich zu fliehen versuche, wird er mich zerschmettern, sagt er; er ist auch der Gott des Blitzes. Was er nicht weiß: daß ich von seinen nächtlichen Streifzügen Kenntnis habe ... Da es kein Licht gibt, muß ich um acht Uhr zu Bett gehen. Ich sollte mich an den Chac Mool schon gewöhnt haben, aber neulich stieß ich in der Dunkelheit mit ihm auf der Treppe zusammen, spürte seine eiskalten Arme, die Schuppen seiner neugewachsenen Haut, und ich hätte schreien mögen.»

«Wenn es nicht bald regnet, wird der Chac Mool wieder zu Stein werden. Ich habe bemerkt, wie schwer es ihm neuerdings fällt, sich zu bewegen; manchmal lehnt er stundenlang wie gelähmt an der Wand und scheint wieder ein wehrloses Götzenbild zu sein, und wenn er auch noch so als Gewitter- und Donnergott gilt. Aber diese Ruhezeiten geben ihm nur neue Kräfte, um mich zu quälen, zu kratzen, als könnte er irgendwelches Naß aus meinem Fleisch hervorlocken. Die freundlichen Zwischenpausen, in denen er alte Geschichten erzählte, gibt es nicht mehr; ich meine, an ihm eine Art geballten Grolls zu bemerken. Noch andere Anzeichen geben mir zu denken: die Flaschen in meinem Weinkeller werden immer weniger; Chac Mool streichelt die Seide meines Morgenrockes; er möchte, daß ich eine Magd ins Haus bringe; ich habe ihm den Gebrauch von Seife und Parfüm zeigen müssen. Es ist auch etwas Altes in seinem Gesicht, das früher unveränderlich schien. Hier liegt möglicherweise meine Rettung: wenn der Chac Mool Versuchungen erliegt, wenn er sich vermenschlicht – dann kann es sein, daß alle Jahrhunderte seines Lebens sich in einen Augenblick zusammendrängen und er durch die angestaute Wucht der Zeit zerschmettert wird. Aber mir fällt auch etwas anderes, Gräßliches, ein: der Chac wird nicht wollen, daß ich seinen Zusammenbruch mit ansehe... Es kann sein, daß er mich umbringen möchte.»

«Heute habe ich den nächtlichen Ausflug des Chac zur Flucht benutzt. Ich werde nach Acapulco fahren; ich werde sehen, was ich tun kann, um Arbeit zu bekommen, und auf den Tod Chac Mools warten; ja, der nähert sich; er ist grau geworden, aufgedunsen. Ich muß mich sonnen, schwimmen, meine Kräfte wiedergewinnen. Vierhundert Pesos habe ich noch. Ich werde in die Pension Müller gehen, die ist billig und gemütlich. Chac Mool kann alles in Besitz nehmen; mal sehen, wie lange er es ohne meine Eimer Wasser aushält!»

Hier endet Filibertos Tagebuch. Ich mochte nicht länger an seinen Bericht denken; bis Cuernavaca schlief ich. Von dort bis Mexiko City versuchte ich, einen Zusammenhang in das Geschreibsel zu bringen, es mit Arbeitsüberlastung oder irgendwie psychologisch zu begründen. Als wir um neun Uhr abends an der Endstation anlangten, war es mir noch nicht gelungen, für den Wahnsinn meines Freundes eine Erklärung zu finden. Ich mietete einen Transporter, um den Sarg in Filibertos Haus zu bringen und von dort aus das Begräbnis anzuordnen.
Bevor ich den Schlüssel ins Schloß stecken konnte, öffnete sich die Tür. Ein gelber Indianer stand dort, im Schlafrock, einen Schal um den Hals geschlungen. Sein Aussehen hätte nicht abstoßender sein können: er verbreitete einen Geruch nach billigem Parfüm; die Falten hatte er mit Puder zu überdecken versucht; der Mund war von schlecht aufgetragenem Lippenstift verschmiert, und das Haar schien gefärbt zu sein.
«Entschuldigen Sie... ich wußte nicht, daß Filiberto...»
«Macht nichts; ich weiß alles. Sagen Sie den Leuten, sie sollen den Sarg in den Keller tragen.»

Zur Wahrung der Trigolibie

Die Trigolibie ist der höchste Wert für die Nusitanier. Als die Nusitanier sich von den Terribriern trigolibierten, war ihre erste Tat eine Proklamation der Akte der Trigolibie und eine Erklärung der Menschentrigolibien. Alsbald stellten sie beide Dokumente in einer Vitrine aus und nahmen zehn Trigolibiden pro Besichtigung. Als die Nusitanier sich in einer trigolibischen Trigolibik organisiert hatten, schritten sie zur Wahl eines Groß-Trigolibiers der Trigolibik; wie der primitiven Statistik jener Zeit zu entnehmen ist, hielten die Kandidaten siebenhundert Reden über die Trigolibie, und natürlich gewann derjenige, der die meisten Male und mit der äußersten Vehemenz das Wort ‹Trigolibie!› ausrief. Zu wiederholen, daß die Nusitanier sich vom ersten Augenblick an als Hüter, Sinndeuter und Spender der einzigen Trigolibie betrachteten, wäre müßig; der Mensch, sagten sie, ist nur in der Trigolibischen Trigolibik Nusitaniens trigolibisch; jede andere Trigolibie ist apokryph. In Wahrung der Trigolibie verboten sie den Leuten von Perupla, die von Tropereta zu besuchen. Die Leute von Tropereta sahen sich genötigt, nur noch mit denen von Nusitanien Freundschaft zu pflegen und nur ihnen ihre Tropera-

nen, Troperoken und Troperöle zu verkaufen. Aber das bringt uns vom Thema der Trigolibie ab.
Das Wesen der Trigolibie, sagten die Nusitanier, ist das freie zwischenmenschliche Trigolibieren. Natürlich sind sie desto trigolibischer, je mehr sie untereinander trigolibieren. Dank dieser Philosophie wurde Nusitanien zum mächtigsten und trigolibischsten Land der Welt, und wenn nötig, sandte es Truppen überallhin, um die Trigolibie mit ihrem Blute zu verteidigen und die Welt trigolibisch für die Trigolibie zu machen.
Nun aber geschah es, daß in den fernen Ländern Tundriusiens einige in Felle gehüllte Menschen die Macht ergriffen und ihrerseits die Trigolibik der Trigolibaden Trigoliberen Trigolibibunden verkündeten. Die Tundriusen argumentierten, daß es nur dann Trigolibie gäbe, wenn die trigolibere Infratrigolibose der Trigolibie trigolibifiziert werde und die Trigolibenten der Trigolibution den Händen des Trigolibikats anvertraut würden. Die Tundriusen errichteten eine Trigolibifikatur des Trigolibikats und verhießen für die nahe Zukunft die wahre Trigolibie auf Erden. Zur Verteidigung der Trigolibie – die sie ebenfalls als ausschließlich ihnen zugehörig erklärten – schufen die Tundriusen Trigolibiationslager, in die sie die Feinde der Trigolibie einsperrten, um ihnen die Liebe zur Trigolibie beizubringen. Jeder Feind Tundriusiens, erklärten die Trigolibifikatoren des Trigolibikats, ist ein Feind der Trigolibie.

Und um nicht zurückzustehen, erklärten die Nusitanier das gleiche.
Angesichts der frechen Vereinnahmung ihrer vielgeliebten Idee von der Trigolibie durch die Tundriusen beschlossen die Nusitanier, wiederum durch die Welt zu ziehen und die Trigolibie zu verteidigen. Zu diesem Zweck sahen sie sich gezwungen, die der Trigolibie wesenseigenen Wohltaten auf alle nach Trigolibiden hungernden Länder auszudehnen, auch wenn viele dieser Länder Antitrigolibiker waren. So wurde die trigolibide Welt geschaffen. Der Ausschuß für antitrigolibische Aktivitäten untersucht Personen, die innerhalb und außerhalb des Territoriums von Nusitanien der Trigolibie-Gegnerschaft verdächtig sind, und geht dabei nach einem interessanten Schema vor: Wenn zum Beispiel A für eine der Forderungen der Erklärung der Menschentrigolibien kämpft, dann ist A antitrigolibisch, weil er sich an der Trigolibie derer vergreift, die gegen eben diese Forderung kämpfen, und die Trigolibie nicht gegen sich selbst kämpfen kann. Wenn B der Meinung ist, daß die beste Wahrung der Trigolibie die Förderung derselben in den antitrigolibischen Ländern der trigolibiden Welt ist, dann ist B ein Antitrigolibiker, weil die Antitrigolibie der antitrigolibischen Länder der trigolibiden Welt die Trigolibie Nusitaniens ist. Und wenn ein trigolibisches Land meint, seine Trigolibie müsse respektiert werden, dann zeigt ihm die trigolibische Trigolibik Nusitaniens, daß die Trigoli-

bie ein einheitlicher Begriff ist und das Reden von einer Trigolibie innerhalb der Trigolibie, die entweder der Trigolibie entgegengesetzt oder mit ihr koexistent ist, gleichbedeutend ist mit dem Säen von Verwirrung und Mißtrauen in der trigolibiden Welt. Die Trigolibifikatoren des Tundriusischen Trigolibikats verteidigen auf ihre Weise ebenfalls die Trigolibie. Ihr Lieblingsspiel läuft dreistufig ab: heute Trigolibismus; morgen Antitrigolibismus; übermorgen Antiprotrigolibifikation. Somit heißt Protrigolibifiker zu sein, eine Art Antitrigolibifiker zu sein, und Antitrigolibifiker zu sein ist eine andere Art, Protrigolibifiker zu sein. In Tundriusien streben alle nach dem Wohl des Trigolibikats, und die Trigolibifikatur wirkt zum Wohle aller, das heißt zum Wohl des Trigolibikats; wenn aber alle das Wohl des Trigolibikats ohne die Trigolibifikatur anstrebten, dann würden sie ihr Unglück anstreben, da die Trigolibifikatur, die aus allen besteht, das Trigolibikat ist, aber da alle das Trigolibikat sind, sind sie nicht die Trigolibifikatur. Die Tundriusen versichern, die Trigolibie habe es nie gegeben, es gebe sie noch nicht, es werde sie morgen geben, aber in Tundriusien gebe es sie bereits. Daher das folgende System von Wahrheiten:

a) Es ist verboten, für die Trigolibie zu kämpfen, weil es sie nie gegeben hat und man nicht für eine Schimäre kämpfen kann.

b) Es ist verboten, nach der Trigolibie zu leben, weil es diese noch gar nicht gibt.

c) Es ist verboten, an der Trigolibie zu zweifeln, weil es sie unausweichlich morgen geben wird und in dem Maße, in dem die Trigolibifikatur verschwindet, da diese nämlich aufgrund ihres Wachstums täglich kleiner wird.
d) Es ist verboten, antitrigolibische Haltungen einzunehmen, weil die Trigolibie in Tundriusien bereits eine konkrete Tatsache ist.
Bekanntermaßen sind diese Normen von dem Prinzip abgeleitet, das vom Vater der tundriusischen Trigolibie, Trigolibin, aufgestellt wurde: «Alle Menschen in Tundriusien sind Trigolibiker, ausgenommen die Trigolibiker, die Antitrigolibiker und die Protrigolibiker.»
Gegenwärtig spielt sich zwischen Nusitanien und Tundriusien das ab, was die bestinformierten Geister als Frigotrigolibie bezeichnet haben.
Der Wahlspruch Nusitaniens lautet: «Heute die Trigolibie verteidigen oder morgen Trigolibiker sein». Und der von Tundriusien: «Für eine Trigolibie ohne Trigolibie». Die Länder von Perupla, die sie angeblich nicht verteidigen, sind der Meinung, daß die Trigolibie nur die Möglichkeit ist, die Trigolibie herbeizuwünschen. Die von Tropereta, deren Aufmerksamkeit auf das Problem der Erforschung der Metaphysik des Troperetanen abgelenkt ist, beschäftigen sich nicht mit der Trigolibie.
Soviel zur Wahrung der Trigolibie.

Tlactocatzine, aus einem flandrischen Garten

19. Sept. Einfälle hat der Lizentiat Brambila! Jetzt hat er diese alte Villa auf der Avenida del Puente de Alvarado gekauft, luxuriös, aber zu nichts nütze, aus der Zeit der Französischen Intervention. Natürlich nahm ich an, es handle sich um eines der vielen Geschäfte des Lizentiaten und er beabsichtige wie schon bei anderer Gelegenheit, das Haus abzureißen und das Grundstück mit Gewinn zu verkaufen, allenfalls dort ein Büro- und Geschäftsgebäude zu errichten. Wie gesagt, das glaubte ich seinerzeit. Meine Überraschung war nicht gering, als der Lizentiat mir seine Absichten mitteilte: Das Haus, mit seinem wundervollen Parkett, seinen funkelnden Kronleuchtern, sollte dazu dienen, Feste zu veranstalten und seine nordamerikanischen Kollegen zu beherbergen – Geschichte, Folklore und Eleganz vereint. Ich sollte für eine Weile in die Villa übersiedeln, denn Brambila, der sich von allem übrigen so vorteilhaft beeindruckt zeigte, empfand einen gewissen Mangel an menschlicher Wärme in jenen Räumen, die praktisch seit 1910 leer standen, als die Familie nach Frankreich geflohen war. Von einem Dienerehepaar, das im Dachgeschoß wohnte, besorgt und blitzsauber gehalten – wenn auch ohne Mobiliar außer einem prachtvollen Pleyel-Flügel im Salon, der dort seit vierzig Jahren stand –, verströme das Haus (setzte der Lizentiat Brambila hinzu) eine ganz eigenartige Kälte, besonders fühlbar im Vergleich zu der auf der Straße empfundenen.

«Also, mein Lieber. Sie können sich Ihre Freunde zu einem Plauderstündchen, zu einem Glas Wein einladen. Das Notwendigste an Einrichtung wird Ihnen besorgt. Lesen Sie, schreiben Sie, führen Sie Ihr gewohntes Leben.»

Der Lizentiat nahm das Flugzeug nach Washington, und ich blieb zurück, gerührt von seinem gewaltigen Glauben an mein Heizvermögen.

19. Sept. Am selben Nachmittag zog ich mit einem Handkoffer nach Puente de Alvarado um. Die Villa ist wirklich herrlich, so sehr auch die Fassade mit ihrem Übermaß an ionischen Kapitellen und Karyatiden aus dem Zweiten Kaiserreich sich bemüht, das zu verleugnen. Der Salon, mit Blick auf die Straße, besitzt einen duftenden, blanken Fußboden, und die Wände, mit kaum sichtbaren Flecken der geisterhaften Rechtecke, wo vordem die Bilder hingen, sind von einem sanften Blau, eher antik, keineswegs nur einfach alt. Die Retabeln an der Deckenwölbung (Zobeniga, der Anlegeplatz von Johannes und Paulus, Santa Maria della Salute) wurden von den Schülern Francesco Guardis gemalt. Die Schlafräume sind mit blauem Samt tapeziert, die Korridore sind Tunnel aus Edelhölzern, glatten und geschnitzten, Ulme, Mahagoni und Buchsbaum, manche im flandrischen Stil des Veit Stoß, andere mehr Berruguete, im geschmeidigen Luxus der Pisaner Meister. Besonders gefallen hat mir die Bibliothek. Sie liegt auf der Rückseite des Hauses, und ihre Fenster blicken als einzige auf den kleinen, quadratischen Garten, gesäumt von Immergrün, die drei Mauern mit Kletterpflanzen gepolstert. Ich fand nicht gleich die Schlüssel für das Fenster, durch das allein man in den Garten gelangt. In ihm, mit Lesen und Rauchen, wird mein Werk der Vermenschlichung dieser Insel des Vergangenen beginnen. Rot und weiß glänzten die Blüten des Immergrüns unter dem Regen; eine altmodische Bank aus grüngestrichenem, zu Blättern geschmiedetem Eisen; weicher, feuchter Rasen, mit ein wenig Hingabe und Beständigkeit gepflegt. Jetzt, da ich schreibe, bringen mir die Assoziationen des Gartens wie von selbst Rodenbachs klingende Verse in den Sinn … «Dans l'horizon du soir où le soleil recule … la fumée éphémère et pacifique ondule … comme une gaze où des prunelles sont cachées; et l'on sent, rien que à voir ces brumes détachées, un douloureux regret de ciel et de voyage …»

20. Sept. Hier ist man weit entfernt von den ‹parasitären Übeln› Mexikos. Weniger als vierundzwanzig Stunden in diesen Mauern, die von einem Strömen durchpulst scheinen, das anderen Gestaden angehört, haben mir ein hellwaches Ausruhen beschert, ein Gespür für Bevorstehendes; in jedem Augenblick glaube ich, die Düfte meines neuen Domizils mit schärferer Klarheit wahrzunehmen, bestimmte Schemen der Erinnerung, die, vormals in winzigem Aufleuchten erfahren, sich heute ausbreiten und so lebendig und gemächlich wie ein Fluß dahinströmen. Wann habe ich in der erstarrten Stadt den Wechsel der Jahreszeiten erlebt? Vielmehr: In Mexiko spüren wir ihn gar nicht; eine Jahreszeit löst sich in der anderen auf, ohne die Gangart zu wechseln, ‹ewiger Frühling und seine Zeichen›; und den Jahreszeiten geht das Besondere einer immer wiederholten Neuheit verloren, von Abschnitten mit jeweils eigenen Rhythmen, Riten und Freuden der Begrenzung, an die sich Sehnsüchte und Pläne knüpfen, von Zeichen, die das Bewußtsein nähren und es faßbar werden lassen. Morgen ist Herbstanfang. Heute, hier, habe ich tatsächlich wieder das Kommen des Herbstes mit einem Anflug von Nördlichkeit empfunden. Über dem Garten, auf den ich während des Schreibens blicke, hängt in Fetzen ein grauer Schleier; von gestern auf heute sind mehrere Blätter von der Weinlaube gefallen und wölben den Rasen höher; andere färben sich bereits golden, und der unablässige Regen scheint das Grün abzuwaschen, es mit sich in die Erde zu nehmen. Der Herbstrauch bedeckt den Garten bis an die Mauern, und fast könnte man meinen, es seien Schritte, langsame, schwer atmende, in dem abgefallenen Laub zu hören.

21. Sept. Endlich ist es mir gelungen, das Fenster der Bibliothek zu öffnen. Ich bin in den Garten gegangen. Unmerklich und hartnäckig nieselt der feine Regen weiter. Wenn er schon im Hause an die Haut einer anderen Welt rührte, so schien er im Garten bis in deren Inneres vorzudringen. Diese Schemen von Erinnertem, von Bevorstehendem, die ich gestern spürte, verdichten sich im Garten; die Immergrünpflanzen hier sind anders als die, die ich kenne: sie verströmen einen Duft, der schmerzt, als ob sie eben aus einer Gruft geholt worden wären, nach Jahren zwischen Staub und Marmor. Und der Regen selbst bringt auf dem Rasen neue Farben hervor, die ich Städten zuordnen möchte, Fenstern; mitten im Garten stehend, schloß ich die Augen... javanischer Tabak und nasse Gehwege... Hering... Schwaden von Bier, Dampf aus Wäldern, Stämme von Eichbäumen... Ich drehte mich um mich selbst, wollte auf einen Blick den Eindruck dieses Vierecks in ungewissem Licht festhalten, das sich sogar unter freiem Himmel durch gelbliche Fensterscheiben zu drängen, in den Kohlebecken zu glänzen, Schwermut zu werden scheint, noch bevor es Licht ist... und das Grün der Kletterpflanzen war nicht das gewohnte auf dem glühenden Boden der Hochebenen; es hatte eine andere Sanftheit, in der die fernen Kronen der Bäume blau sind und die Steine sich mit groteskem Schlamm überziehen ... Memling! Durch eines seiner Fenster hatte ich diese gleiche Landschaft gesehen, in den Pupillen einer Jungfrau und in Kupfer gespiegelt. Es war eine erdichtete, eine erfundene Landschaft. Der Garten lag gar nicht in Mexiko! Und der Nieselregen ... Ich lief ins Haus zurück, über den Korridor, stürzte in den Salon und drückte die Nase an die Scheibe: Auf der Avenida del Puente de Alvarado grölten die Musikboxen, die Straßenbahnen und die Sonne, die monotone Sonne, Sonnengott ohne Schattierungen noch Abbildern auf seinen Strahlen, unverrückbarer Sonnenschein, Sonne der kurzen Jahrhunderte. Ich kehrte in die Bibliothek zurück: Der Nieselregen im Garten dauerte an, alt, trübe.

21. Sept. Ich bin stehengeblieben, mein Atem beschlug die Scheiben, und ich habe in den Garten geblickt. Stunden vielleicht, den Blick starr auf den begrenzten Raum gerichtet. Auf den Rasen gerichtet, der mehr und mehr von Laub zugedeckt wurde. Und dann hörte ich den dumpfen Laut, das Summen, das aus sich selbst zu kommen schien, und hob das Gesicht. Im Garten, mir beinahe gegenüber, beobachtete ein anderes Gesicht, ein wenig zur Seite geneigt, meine Augen. Eine instinktive Sprungfeder riß mich zurück. Das Gesicht im Garten veränderte nicht seinen Blick, der in den verschatteten Augenhöhlen gefangenblieb. Es drehte mir den Rücken zu, ich erkannte nicht mehr als eine kleine, schwarze, gebückte Gestalt, und ich verbarg meine Augen hinter den Fingern.

22. Sept. Im Haus gibt es kein Telefon, aber ich könnte auf die Avenida gehen, meine Freunde anrufen, ins Roxy gehen ... Ich lebe ja doch in meiner Stadt, unter Leuten meinesgleichen! Warum kann ich mich nicht von diesem Haus losreißen, besser gesagt, von meinem Platz am Fenster, das auf den Garten schaut?

22. Sept. Ich werde mich doch wohl nicht erschrekken, weil irgendwer über die Mauer geklettert und in den Garten eingedrungen ist. Ich werde den ganzen Nachmittag über warten, es regnet immer noch, Tag und Nacht! und den Eindringling abfangen ... Ich schlummerte im Sessel am Fenster, als mich der intensive Duft des Immergrüns weckte. Ohne zu zögern, richtete ich den Blick in den Garten – da war sie. Pflückte die Blumen, band sie mit ihren kleinen, gelblichen Händen zu einem Strauß ... eine winzige Alte ... mindestens um die achtzig, aber wie wagte sie sich herein, oder wo gelangte sie herein? Während sie die Blumen abbrach, beobachtete ich sie: dünn, vertrocknet, in Schwarz. Der Rock bodenlang, Tau und Kleeblätter blieben an ihm hängen, der Stoff fiel mit der Schwere, der leichten Schwere eines Gewebes von Caravaggio; die schwarze Jacke bis zum Hals zugeknöpft, der Oberkörper gebückt, kältesteif. Eine schwarze Spitzenhaube beschattete das Gesicht der Greisin und verbarg ihr ungekämmtes weißes Haar. Ich konnte nur die blutlosen Lippen erkennen, die, ebenso bleich wie ihre Haut, die gerade Linie des Mundes bildeten, der sich kaum zum allerschwächsten, allertraurigsten, allerbeharrlichsten und ganz und gar grundlosen Lächeln wölbte. Sie hob den Blick; in ihren Augen waren keine Augen ... als ob ein Weg, eine nächtliche Landschaft von den runzligen Lidern ausginge, nach innen führte, jede Sekunde zu einer endlosen Reise. Die Greisin bückte sich, um eine rote Knospe aufzuheben; von der Seite gesehen zitterten ihre falkenartigen Züge, die hohlen Wangen wie die Kanten einer Sense. Nun ging sie, wohin ...? Nein, ich kann nicht behaupten, daß sie durch die Kletterpflanzen und die Mauer schritt, sich in Luft auflöste, in die Erde versank oder zum Himmel aufstieg; im Garten schien sich ein Pfad aufzutun, so selbstverständlich, daß ich auf den ersten Blick nichts von seinem Erscheinen merkte, und auf ihm, mit ... ich wußte es, ich hatte es schon gehört ... mit dem schleppenden Zögern der Verirrten, mit der Last des Atmens wanderte meine Besucherin unter dem Regen davon.

23. Sept. Ich schloß mich im Schlafzimmer ein; verrammelte die Tür mit allem, was zur Hand war.

Wahrscheinlich war es zwecklos; wenigstens, dachte ich, würde es mir zu der Illusion verhelfen, daß ich ruhig schlafen könnte. Diese schlurfenden Schritte, immer über dürres Laub – jeden Augenblick glaubte ich, sie zu hören; ich wußte, daß sie nicht wirklich waren, bis ich das winzige Scharren an der Tür hörte und dann das Reiben am Spalt. Ich machte Licht: Die Ecke eines Briefumschlags war zu sehen, auf dem Samt des Teppichbodens. Eine Minute lang wog ich den Inhalt in der Hand; altes Papier, vergangene Pracht, Rosenholz. Geschrieben mit einer Spinnenschrift, steil und groß, bestand der Brief aus einem einzigen Wort:

TLACTOCATZINE

23. Sept. Sie muß kommen, wie gestern und vorgestern, bei Sonnenuntergang. Heute werde ich sie ansprechen; sie wird sich nicht davonmachen können, ich werde ihr nachgehen auf ihrem Weg, verborgen hinter den Kletterpflanzen …

23. Sept. Es schlug sechs Uhr, als ich im Salon Musik hörte; es war der berühmte Pleyel, der Walzer spielte. Während ich mich heranschlich, verklang der Ton. Ich kehrte in die Bibliothek zurück: Da stand sie im Garten; jetzt hüpfte sie, bewegte sich … wie ein kleines Mädchen, das mit seinem Reifen spielt. Ich öffnete das Fenster, trat hinaus. Genau weiß ich nicht, was geschah; ich hatte das Gefühl, als ob der Himmel, die Luft selbst, sich um eine Stufe senkten, auf den Garten fielen; die Luft wurde eintönig, dumpf, und jedes Geräusch erstarb. Die Greisin sah mich an, mit ihrem immer gleichen Lächeln, ihre Augen in der Tiefe der Welt verloren; sie öffnete den Mund, bewegte die Lippen: kein Laut kam aus jenem bleichen Querspalt; der Garten zog sich zusammen wie ein Schwamm, die Kälte packte mein Gebein mit klammen Fingern ...

24. Sept. Nach der Erscheinung vom Abend kam ich wieder zu Bewußtsein, im Sessel der Bibliothek; das Fenster war geschlossen; der Garten vereinsamt. Der Duft von Immergrün hat sich durchs Haus verbreitet; er ist besonders durchdringend im Schlafzimmer. Dort wartete ich auf eine neue Botschaft, ein weiteres Zeichen von der Greisin. Ihre Worte, Fleisch aus Schweigen, wollten mir etwas sagen ... Um elf Uhr nachts spürte ich das bräunliche Licht des Gartens ganz nahe. Wieder das Rascheln der langen, steifen Röcke an der Tür; da lag der Brief:

«Mein Geliebter:
Der Mond ist soeben aufgegangen, und ich höre ihn singen;
alles ist so unbeschreiblich schön.»

Ich kleidete mich an und ging hinunter in die Bibliothek; ein Licht gewordener Schleier bedeckte die auf der Gartenbank sitzende Greisin. Unter dem

Gesumm von Hummeln näherte ich mich ihr; die gleiche Luft, aus der jeder Ton verschwindet, umhüllte ihr Wesen. Das weiße Licht bewegte mein Haar, und die Greisin faßte mich bei den Händen und küßte sie; ihre Haut preßte sich an die meine. Wie durch eine Offenbarung wurde ich dessen gewahr, denn meine Augen bezeugten, was der Tastsinn nicht bestätigte: ihre Hände in den meinen, doch fühlte ich nur schweren, kalten Wind, erahnte getrübtes Eis auf dem Skelett jener Gestalt, die auf Knien die Lippen in einem Singsang unstatthafter Rhythmen bewegte. Die Immergrünpflanzen zitterten, von allein, nicht vom Wind. Sie rochen nach Sarg. Daher kamen sie, alle, aus einem Grab; dort keimten sie, dorthin wurden sie jeden Abend von den gespenstischen Händen einer Greisin getragen ... und die Geräusche kehrten zurück, der Regen dröhnte von Verstärkern, und die geronnene Stimme, Echo vergossener Blutströme, die weiter fließen in inniger Vergattung mit der Erde, schrie: «Kapuzinergruft! Kapuzinergruft!!» Ich riß mich aus ihren Händen, rannte zur Tür der Villa – bis dahin verfolgte mich das irre Geraune ihrer Stimme, die Höhlen einer Kehle voll erstickter Tode –, ich fiel zitternd zu Boden, an den Türgriff geklammert, ohne Kraft, ihn zu bewegen.
Umsonst bemühte ich mich; die Tür war nicht zu öffnen. Sie ist versiegelt, mit dickem, rotem Siegellack. In der Mitte glänzt ein Wappen in der Nacht, sein gekrönter Adler, das Profil der Greisin, schleu-

dert mir die starre Unausweichlichkeit endgültigen Eingeschlossenseins entgegen.

In der Nacht hörte ich hinter meinem Rücken – ich wußte nicht, daß ich es von jetzt an immer hören würde – das Rascheln der Röcke über den Fußboden; sie schreitet mit einer neuen, hemmungslosen Fröhlichkeit, ihre Gebärden sind immer wieder die gleichen und verraten die Befriedigung. Die Befriedigung eines Kerkermeisters; von Begleitetsein, von ewigem Gefängnis. Die Befriedigung von geteilter Einsamkeit. Wieder war es ihre Stimme, die näher kam, ihre Lippen an meinem Ohr, ihr Atem, aus Schaum und Grabeserde gemacht:

«... Und sie ließen uns nicht mit den Reifen spielen, Max, sie verboten es uns; wir mußten sie in der Hand tragen, während wir in den Parks von Brüssel spazierengingen ... aber das habe ich dir schon in einem Brief erzählt, in dem ich dir von Bouchot schrieb, erinnerst du dich? Aber von nun an keine Briefe mehr, nun sind wir für immer beisammen, wir beide in diesem Schloß ... Wir werden nie nach draußen gehen; wir werden niemanden einlassen ... O Max, gib Antwort, das Immergrün, das ich dir abends in die Kapuzinergruft bringe, duftet es nicht frisch? Es ist wie das, das man dir brachte, als wir hierherkamen, du, Tlactocatzine, der Kaiser ... Nis tiquimopielia inin maxochtzintl ...»

Und über dem Wappen las ich die Inschrift:

CHARLOTTE, KAISERIN VON MEXIKO

Litanei von der Orchidee

«Schau hin, sieh da: Der Winter hat schon angefangen.» Von den Schultern des Himmels schüttete es auf Panama herunter: eine Sturzflut heller Fäden, die von der aufgepeitschten Erde der Nebenstraßen in die Vía España abfloß. Da, wo der Asphalt begann, stauten sich die trüben Fluten wie unschlüssig, in blinder Angst vor dem Strudel der Abwasserleitung. Das ferne Atmen der Stadt, der anbrandende Lärm blieb in dem Dampf über dem Fahrdamm hängen, am Hinterkopf der zerzausten Palmen, an den menschlichen Körpern, die unter den Schutzdächern ausharrten.

Ein schlieriges Urlicht, gelb wie der Regen, wenn er auf den Staub aufschlug, Muriel wachte auf, es war zwölf Uhr mittags. Die offenen Fenster schwangen hin und her, in widerstrebendem Dreiertakt; die Bettücher lasteten auf seinem Körper. Kurze Schatten der Tischbeine; und die Stille erstickte den Husten des Mannes. Ana war nicht mehr da; vielleicht würde sie nachmittags wiederkommen, naß bis auf die Haut, und in ihrer lockeren Schale herumspazieren.

Muriel reckte die Arme und legte die Hände unter den Kopf. Alle paar Minuten besuchten grüne Fliegen die graue Landkarte seines Rumpfes, und der Schweißdunst der Achselhöhlen verdrängte die Atemluft. Leere: Nur bis zu den fernen, vom dunklen Messer des Tages gezackten Hügeln reichte sein Blick. Nicht ein einziger Vogel, nicht ein einziges Vorzeichen. Nur Zeit, verfangen im Gewirr der Elektrizität. Schläfrig, spielerisch, fing er an, mit Wörtern zu spielen, Jitanjáforas: Das Land war voll davon, sie gehörten zu ihm wie seine Füße:

Alanje, Guararé, Macaracas, Arraiján, Chiriqui.

Sambu, Chitré, Prenonomé.

Chicán, Cocolí, Portogandí... Der Rhythmus war wie ein Schutz.

Als es aufklarte, stand Muriel auf, die Stirn schweißnaß. Er ging zum Wandschrank, um seine Schuhe herauszuholen; sie waren mit einem grünen Schleim überzogen, ebenso wie seine Bücher, die, aufgeweicht, sich der Lektüre verweigerten. Auf einem Teller lagen Eiswürfel in den letzten Zügen; er legte sich ein paar davon auf den Nacken und preßte sie, bis zu einem neuen Hustenanfall. Vor den Fenstern schwollen die gesprenkelten Pflanzen wieder an, die hangelnden Arme wie mit roten Insektenstichen übersät. Mit ihnen kehrte die Sonne zurück und das gemächliche Verkehrsgewimmel: ein lahmer Rückstoß aus der Avenida Central, der Linie, jenseits der das Leben anders läuft, da es von den spröden Blättern über die Kramläden von Santa Ana gefegt wird, in einer Eislimonade ertränkt, da es seine

Hände über die beiderseitigen Grenzlinien der Kanalzone spannt, bis die Sehnen reißen. Das Murmeln kehrte wieder zurück in Muriels Kopf, mit dem Tropfenzähler des Schweißes.
In diesem Augenblick verspürte Muriel das Jucken am Steißbein. Kratzen machte es schlimmer. Es war mehr … etwas Rundes, das unabhängig vom Rest des Körpers ein Eigenleben zu gewinnen schien. Eine Gier nach Magie oder nach Medizin ließ ihn aus dem Bett springen, wer konnte denn wissen, was da an tropischen, drachenköpfigen Wasserspeiern – aus lebendem Fleisch gemacht, aber steinern wie sie, mit ihrem Geist und ihrem ewigen Grinsen – ihn in seinem Zimmer zu überfallen vermochte und drohen konnte, alles zu ertränken! Es war der Tag, so recht ein Tag, der hinter einer fröhlichen Grimasse Finsternis und Auslöschung bereithielt. Man sollte die Nacht abwarten, um die Zeugen der Realität wieder zu erobern, das Licht zu spüren und es rhythmisch zu verströmen. In der Nacht lag die Dauer: Der Cumbia-Tanz markierte den Rhythmus, und der Tamborito, bei dem die Pulse schneller schlagen, und das unaufhörliche Klingen der Gläser blendeten den endlosen Verkehr aus, der unter der Sonne geräuschlos brandete. In der Nacht hatte man Zeit von einem Abschied zum anderen.
Verdammte Nässe! Seine Finger glitten ab von der Schwellung, er konnte sie nicht festhalten, um sich zu kratzen. Und sie wuchs, wuchs, bis sie aufbrach, eine

runde Form aus schwitzenden Poren. Muriel zog sich nackt aus und ging zum Spiegel, um sich mit verrenktem Hals rückwärts zu betrachten. Schon konnte er sich nicht mehr kratzen, ohne das Ding zu verletzen, und gleich darauf nicht ohne es zu zerbrechen: die gelb und violetten Blütenblätter, das formlose Metall des Pollens, der knollige Stiel: Eine Orchidee war geboren, vollkommen, von lässiger Symmetrie, lässig in ihrer Gleichgültigkeit gegen den Boden, aus dem sie gekeimt war.

Orchideen am Steiß. Er spürte, daß die Landschaft ihn mit nadelspitzen Zähnen einsog, die Wurzeln dieses Bodens in seine Haut senkte, sein Hirn gegen den Fels knetete, bis aus seinen Augen ein blinder Grat geworden war.

Aber zunächst gab es praktische Probleme zu lösen. Wie die Hose anziehen? Die Blume zu Brei zerquetschen? Vom Stiel der Orchidee bis in sein Nervenzentrum schoß ein Befehl, der das Leben der Blume mit seinem eigenen verlötete. Es half nichts, er mußte ein kreisrundes Stück aus dem Hosenboden schneiden, damit die Orchidee für jedermann sichtbar aus ihm heraussprossen konnte. So geschmückt, fand er nichts dabei, sich auf die Straße zu begeben: Es gibt Formen der Bekanntheit, die alles einschließen. Mehrere Monate vor dem Karneval würde man ihn womöglich als verfrühte Maske ansehen, womöglich als neue Variante der Lustigkeit. Tatsache ist, daß die Orchidee mit anmutigem Wippen vor dem leeren

Blick der indischen Basare, zwischen den knappen Röckchen und lila Blusen der schwarzen Mädchen aus dem Calidonia-Viertel flanierte, ohne mehr Entrüstung zu ernten als einen Schlangenblick. Stunden um Stunden, während eines heißen Spaziergangs, der der makellosen Schönheit der Blume nichts anzuhaben schien. In der Kantine des Coco Pelao besprengte Muriel sie mit Kokossaft; die Blume veränderte ihre Farben, aber wölbte sich schwammig-wohlig auf, ihre Blütenblätter schlangen sich um das Hinterteil des Mannes, schoben ihn aus der Kantine, zum Eingang des *Happyland.* An dem Abend tanzte Muriel wie noch nie; die Orchidee gab den Takt an, ihre Säfte flossen bis in die Fersen des Tänzers, stiegen hoch bis in seinen Solarplexus, zwangen ihn auf die Knie, schüttelten ihn mit einem trockenen, wütenden Schluchzen. Aus der Wurzel der Orchidee schossen kreischende Wellen, geballt wie eine endlose Litanei: Chimbombó, Chimbombó!

Chimbombó! Schließ meine Wunden, leg meine
 Hände zusammen,
erendoró, vernarb meine Scheide, halt die
 Stunden an,
gib mir eine Zukunft
gib mir eine Träne, Chimbombó, halt mein
 Lachen an
treib mein Gespenst an,
gib mir die Ruhe,

laß mich Spanisch sprechen,
alambó,
töte den Rhythmus, damit er mich erschafft, bring
  meine Lungen wieder zusammen,
fülle die Schleusen auf mit Erde und Blumen,
verkauf mich nicht für den Mond, mach Brücken
  aus meinen Fingernägeln,
nimm mir die Tätowierung des Sternenbanners weg,
C h i m b o m b ó !

So stöhnte die Blume, und alle – Green Berets, Touristen, Mulattinnen mit hüpfenden Brüsten – bewunderten die traurige Schönheit der Blume, ihre kitzelnden Bewegungen, ihr Wechselspiel von Farben bei jedem Musikstück. Die Orchidee war ein Schatz, heute gepflanzt, im Gewächshaus seines Steißbeins. Jedoch ...! Wenn diese geblüht hatte, warum konnten nicht mehr und mehr einzigartige Mutationen ohne Grenzen keimen? Orchideen, die gekühlt, per Flugzeug, in die tausend Städte fliegen könnten, wo es noch eine Frau gab, die an höfliche Andeutungen glaubte.

Muriel rannte fort aus dem *Happyland,* keuchend, ohne stehenzubleiben, bis in seine Wohnung. Ana war nicht zurückgekehrt. Unwichtig. Rasch entkleidete er sich und nahm das Rasiermesser; ohne zu zögern, trennte er die Orchidee mit einem Schnitt ab und stellte sie in ein Glas Wasser. Aus dem Knochen sah kaum ein grüner Stumpf hervor.

Die erste Ernte, zu zwanzig Dollar das Stück! Er brauchte nur zu warten, im Bett liegend, daß jeden Tag, zwischen zwölf und zwei, eine neue erblühte. Vielleicht würden sie auch gleich zu mehreren keimen – vierzig, achtzig, hundert Dollar täglich.
Und dann ohne Vorankündigung, an derselben Stelle, wo die Blume abgeschnitten worden war, brach ein spitzer Stecken heraus, starr und splittrig. Muriel konnte nicht mehr schreien; mit einem zerreißenden Prasseln stieß der Stecken zwischen seine Beine und, nun schon blutverschmiert, durch die Eingeweide des Mannes, er fraß seine Lebensgeister, gemächlich, blind, er zerbrach sein Herz in Scherben. Nicht mehr sprechen, nicht mehr beschreiben. So fand der Morgen Muriel, entzweigeteilt, gepfählt, die verkrampften Arme in zwei Richtungen ausgestreckt. Die Blütenblätter der verwelkten Orchidee im ausgetrockneten Glas spiegelten sich in Muriels toten Augen als ein langsames, lichtes Wogen.
Draußen, zwischen Nord und Süd, zwischen Amerika und Amerika, klammerte Panama sich mit den Zähnen an sein eigenes Wesen: *Pro mundi beneficio* – Zum Wohle der Welt.

Durch der Götter Mund

(Bing, bing, bing, tröpfelte das Fenstergesicht, weinte über die Gewissensbisse anderer, indes ich mühsam den Uhrzeigern zu folgen versuchte, die nun schon – scherengleich, fast zwölf Uhr – sich anschickten, mir die Luft abzuschnüren. Hohes Fenster, niedrige Zimmerdecke, Wände, die danach ächzten, sich in einer Betonberührung zu paaren; jawohl, sie rückten immer näher, immer enger zusammen, diese kurz, jene dünn, die dritte bauchig, noch eine mit einer gläsernen Vagina, einzigartiges Labyrinth als Aussicht auf den geflickten Plan der Großen Stadt. Ich wollte nicht durch die Glasscheibe blicken; das war es, wovor ich floh, warum ich mich in dieses Zimmer einschloß, für immer: das ewige Geld, das ewige zuckersüße, rosarote, immer gleich scheißfreundlich grinsende Bonbongesicht auf dem gigantischen Jahrmarkt, die sich verschämt duckenden, pockennarbigen Paläste, die Pest der Nagetiere in Kammgarn und in Jeans, von diesem Himmel überhitzt, eben diese Nagetiere – natura naturata –, die von der Neonmühle zermahlen, zu großen, angemalten Klumpen Aas geworden sind – man errät das enthaarte Geschlecht, die immer offene Wunde, unterm Tweed verborgen, das falsche Gebiß, das nachts in seinem Formalingrab schwimmt. Wenn die Uhr sich selbst umarmt, wenn um Mitternacht die beiden Beine der Zeit sich hochrecken und aneinanderpressen, dann weiß ich, daß die ungebetenen Besucher nicht mehr lange auf sich warten lassen; schweigend harren sie im Vorzimmer meines Vergessens, bis der dumpfe Rhythmus in ihren Füßen juckt, dann weiß ich, daß das Türenschlagen, das Geheul aus den besoffenen Kehlen, das den stummen Gesang in der Brust übertönt, daß der falsche, tropische Jubel und Trubel, Balumboyó, das Tantara-ranta-tamtam-Getrommel auf den Wänden, nur Maske ist, höfliche Verstellung, Einladung auf eine Tasse Schokolade bei den schlangenäugigen Pfaffen, die giftig ist von Schmerz und dick von geronnenem Blut; und sie zupfen unaufhörlich, Tausende von Gitarren, als seien die Finger selbst die Saiten. Was steckt in ihren Händen und Hirnen, hinter dem Lächeln und der Anbiederei des unvermeidlichen Schulterklopfens? Eines Abends wollten sie sich als Mariachis vorstellen; der Strom von Seufzern – der durch das Schlüsselloch mein Zimmer zu überfluten begann, immer sind ihre Augen da, ohne einen Atemzug, als ob Mord etwas Flüssiges wäre – genügte mir, um mich wahnsinnig, tobsüchtig zu machen. Aber nein, sie boten mir den Mord als Geschenk, sie wissen nichts von der Büchse der Pandora, von den menschenmordenden Kräften der Mythologie! Ihre ist immer noch lebendig, ihre Ungeheuer aus Jade und Blutpfropfen lasten immer noch auf uns wie farbenblinde Masken, die bleich in Staub und Abwässern versickern, die unterirdisch rumoren und dann und wann ihre wüsten Rachen zeigen, die durch die Luft reiten, die die Wälder verdorren lassen und ihre Obsidiandolche schwingen. Sie verstecken sich an den Kreuzungen; sie irrlichtern durch die roten Schlagzeilen; sie tauchen weg in den Morast zur Zeit der Invasionen; sie verdämmern jahrhundertelange Siestas; in jeder Sackgasse hocken sie, ihr Leben lang, in den Kerkern; sie schaukeln sich in den Kratern, sie schlängeln sich wie die Schlangen. Ungeheuerlich lange Siesta, und wenn sie aufwachen und ihre Kiefer mahlen, dann ruft jemand hoch vom Nopalkaktus herunter: «Da sind wir ja wieder beisammen!» Immer bin ich auf der Flucht vor ihnen, vor ihren Kleinformen, und immer sind sie hier, Riesen, ohne andere Dimension als den höflichen Groll und den murrenden Klang der Gitarren. Auf den Straßen sehen sie mich scheel an, treten mir auf die Füße, rempeln mich an, machen obszöne Gesten und hupen im Takt Flüche; wehe, ich werfe einen Blick auf ihre Frauen, wehe, ich lehne ihren Schnaps ab, wehe, ich zeige ihnen, daß mein Gehirn und mein Gedächtnis nicht nach ihrem Takt funktionieren!)

Auf der Treppe des Palasts der Schönen Künste traf ich Don Diego. Ich verlasse mein Hotelzimmer fast nie; wenn ja, dann allein, und sollte ich mich von

jemandem begleiten lassen, dann nur, damit er mich schmückt. Aber Don Diego ist ein kleiner Alter, beinahe ein Zwerg, beinahe hat er einen Buckel, mit Schuppen geziert, und sein Unterhaltungsstil bringt mich nach einer Weile auf die Palme.
«Teuerster Oliverio! Welch glückliche Augen! Welches Wunder ist dies? Gewißlich kommst du – ach, diese Jungen Wilden –, um das zu sehen, was sich Kunst nennt, im oberen Stockwerk. Los, los, begleite mich zunächst in die koloniale Abteilung, du weißt, sie ist mir die liebste, und danach werde ich dir die Freude bereiten, gemeinsam die der modernen Kunst zu durchschreiten. Nur hinein, hinein: Bitte, du zuerst. Keine Rücksichten, kommt nicht in Frage!»
In der kolonialen Abteilung dozierte Don Diego ausgiebig einem anonymen Bild des 18. Jahrhunderts ins Gesicht: eine wunderschöne Frau, dunkelhäutig, mit einem Stich ins Zuckerbraune, mit unvergeßlichen Augenbrauen und in weiße Spitze gekleidet.
Wir stiegen nach oben, in die Ausstellung zeitgenössischer Malerei. Don Diego begann ungeduldig mit seinem Stöckchen zu fuchteln:
«Ach du liebe Zeit, und das nennen sie nun Kunst. Gott behüte! Die Begeisterung für diese Monstrositäten wird dir schon vergehen, Oliverio. Wenn man alt ist, sucht man die Schönheit und sehnt sich nach den einfachen Dingen!»
Wir gingen durch die trapezförmige Galerie und betrachteten die an den Wänden aus Balsaholz aufge-

hängten Bilder. Licht, unterwassergrün und himmelblau, drang wie Eiswürfel durch das Nordfenster, zermahlte die Einzelheiten, um auf das Wesentliche hinzuweisen: Don Diegos Buckel, meine kaffeebraune Nase und ein fernes Bild in einer Ecke.
«Ta-ma-yo, 1958», las Don Diego mit gerunzelter Netzhaut, «bah, vergleiche das mit dem unbekannten Maler, den wir soeben gesehen haben. Jene Frau kannst du immer noch jederzeit auf der Straße treffen, aber diese ... von den Farben zerstückelte, als ob die Kunst letztlich die Kunst mordet. Sieh dir das an, schau dir bloß mal diesen unmöglichen Nacken an ... bah, wo hat man denn so eine Frau gesehen?»
«Masken pflegen sich in Gesichtszüge zu verwandeln», erwiderte ich. «Und dieser Mund. ‹Der Ekel macht sie grausam›, oder so ähnlich. Sehen Sie, Don Diego, die ist anders, wie absichtlich entrückt von allem, was sie glücklich machen könnte. Anders, mexikanisch, großartig ...»
«Bah! Sieht aus wie ein Ohr.»
Mir wurde bereits schwindlig von dem Stöckchengefuchtel, dem Mundgeruch des schrecklichen alten Kerls, mit seinem Busfahrschein im Knopfloch.
«Was wissen denn Sie von den geheimen Vermächtnissen der Kunst? Und dabei haben Sie vielleicht sogar recht. Das kann das Ohr sein, das sich Van Gogh abschnitt und einer Frau als Ostergeschenk schickte, in ein Bordell in Arles. Und dann, Nuño de Guzmán und seine Nachfahren, die den Indianern so

viele Ohren abgeschnitten haben, damit sie ihren Götzenbildern ähnlich sehen sollten, als gleichwertige Opferwunden. Wer hindert uns, ein paar aufzusammeln, andere abzuschneiden und sie auf ein Bild zu pappen?»

Etwas davon schien zu stimmen; der Mund des Bildes lachte.

Don Diego zitterte hysterisch, und mich juckte es. Der Mund lachte. Als ich und der Alte schon nicht mehr lachten, versuchten die Lippen auf dem Bild ihre Heiterkeit zu unterdrücken. Das Bild hatte zwei Dimensionen, der Mund offenbar drei.

Glücklicherweise hatten die Kellner einen Eiskübel stehenlassen. Ich nahm ihn, packte den Mund mit der Faust, riß ihn ab und legte ihn unten in das Gefäß. Dort ringelte sich der Mund, drehte sich, rutschte an dem Metall ab, konnte aber keinesfalls entwischen.

«Oliverio! Wie unästhetisch. Dieser Mund gehört auf das Bild. Bring ihn zurück; so etwas tut man nicht: Das ist, mein Lieber, als ob man die Würde der Bequemlichkeit opfert, nicht ...»

Das Geschwätz des Greises war nicht mehr auszuhalten; ich sagte irgend etwas Albernes – «Die Kunst ist von und für jedermann» – und schritt mit dem Kübel davon, rhythmisch. Der Mund heulte immer noch. Wenn ich ihn ansah, schien ein Schatten den Kübel auszulöschen, und die Lippen schwappten, als ob mein eigenes Fleisch sich verflüssigt hätte. Don Diego – ich sah ihn vor mir wie eine Schildkröte, die in ihrem ungestalten Panzer hüpfte. Wütend kreischte er: «Komm zurück, komm zurück, man darf die Dinge nicht so durcheinanderbringen, dieses Bild wird man nie mehr verstehen können, so kaputt, mit der Narbe, die du ihm soeben beigebracht hast.» Verstehen? Alter Idiot! Er hatte überhaupt nichts verstanden – daß das Wichtige war: zu schauen, das beschädigte Bild, den Mund im Eiskübel, die Ungeheuer in der Luft. Verstehen! Ich kehrte um und schlug dem Alten fürchterlich ins Gesicht, trampelte auf seinem Buckel, auf seinem Gebiß herum. Ich kann mich gut in diese Wutanfälle hineinsteigern, mit Absicht. Niemanden überraschen sie so wie mich selbst.

Die ganze Galerie hatte sich verfinstert, die Gemälde weinten und ließen einen Schleier fallen. Nur das Bild ohne Mund blieb blendend hell. Sein Ausdruck schälte sich in Fetzen ab, und der Mund war ein blutiger Wirbel. Die Lippen im Kübel heulten unentwegt, indes ich hemmungslos Don Diegos Geschrei mit Schlägen anheizte: Endlich verflog der Wutanfall, der Alte rollte bis zum Fenster und flog durch die Scheiben. Ich lief hin, sah ihn fallen: ein Frosch, bäuchlings auf dem Pflaster. Aus dem zerplatzten Fleck sickerte es Fäden. Rasch ging ich mit meiner Beute hinunter. Am Eingang bettelte mich eine zerlumpte Frau an, räudefleckig, aber mit dem Gesicht der Mestizin, den unvergeßlichen Augenbrauen wie auf dem anonymen Gemälde des 18. Jahrhunderts. Ob der schäbige Kobold Don Diego doch recht gehabt hatte?

Ich ging in dem Menschengewühl, das aus Büros und Geschäften quoll. Der Eiskübel störte mich bereits und war allzu auffällig. Ich beschloß, ein großes Kaufhaus zu betreten, das später als die anderen schloß; das erklärte die Unzahl Leute, die sich zwischen den Stoffen und Parfüms und dem Geruch nach den gesprühten Achseln schmuddeliger Verkäuferinnen drängelten. Ich ging durch die Drehtüren, noch unter dem Eindruck des pulsierenden Mundes und Don Diegos Tod, und schrie:
«Wo ist die Damenabteilung, die für Unterwäsche?»
Alle sahen mich an, ein paar Neugierige kamen herbei, um mich vorsichtig zu beobachten. Sie entdeckten nichts. Ich fluchte. Eine Dame mit einem Eulengesicht, die an den Telefonen klebte, auf Lämpchen herumhackte und dabei nur mit dem halben Mund redete, informierte mich:
«Dritter Stock links.»
Unsere Blicke trafen sich. Diese Eule war von einer labyrinthischen Schönheit, schwierig, funkelnd wie eine Axt. Und ihre blutleeren Hände, die vor dem Altar voller Zahlen und Scheiben und unkenntlicher Stimmen beteten.
Am Verkaufstisch bediente mich ein junges Mädchen:
«Einen Peter Pan, bitte.»

«Ziehen Sie ihn gleich an?»
«Nein, der Mund.»
Ich holte die klebrigen Lippen aus dem Eiskübel.
«Lippen sind jetzt Mode?»
«Wickeln Sie sie in den BH ein.»
«Und den BH? Soll ich den in Papier einwickeln?»
Die Verkäuferin zauberte ein duftiges Paket und übergab mir das seidene Wäschestück. Im Erdgeschoß lag, wie ich schon geahnt hatte, die Telefonistin, von den schwarzen Schnüren ihrer Folterapparate erwürgt. Draußen verschmolz die Bronzerasse mit den zerbröckelnden Gehwegen, mit dem schweren, in Sekundenschnelle veraltenden Rund aus Schund und Schutzdächern.

«Den Schlüssel zu Zimmer 1519, bitte.»
«Da hast du ihn, mein wolkenfarbenes Baby.»
Ihre zur Schau getragene, großstädtische Gleichgültigkeit vermochte nicht das Lauern, das gespannte Warten ihrer Augen zu verbergen. Ausruhen war das nicht, diese bewegungslose mexikanische Trägheit: Es ist die schwarze Spannung eines endlosen Wartens, einer lotrechten Leidenschaft, die in die Tiefe fährt und alles mitreißt, ohne die Stromrinne ihrer Wirkkraft zu finden.
«Behalt deine Sprüche für dich, mein Kind.»
Ich stieg die Treppen zu meinem Hotelzimmer hoch, Zimmer 1519. Heute fühlte ich mich genial, zu allem fähig. Was könnte ich tun? Als ich auf dem Korridor

um die Ecke bog, sah ich eine jugendliche Gestalt entlangtänzeln. Mit feierlichem Ernst, gekleidet wie eine Rumbatänzerin, aber mit allerlei seltsamem Schmuckwerk hüpfte sie: tätowierte Beine, ein Ring durch die Nase, das glatte schwarze Haar schwer von Öl oder von Blut ... Schellen an den Füßen und in den Ohrläppchen. Ein unerträglicher Gestank entströmte ihrem ganzen Körper und lockte doch, sich auf ihn einzulassen. Die spitzen Zähne blitzten und summten einen uralten Singsang.

«Eben habe ich die kaputten Stücke des alten Mannes aufgesammelt, den du umgebracht hast. Warum machst du mir mehr Arbeit als nötig?»

Ich erbleichte.

«Krieg keinen Schrecken. Es ist meine Pflicht, die verstreuten Stücke Aas zu sammeln und sie immer in meiner Handtasche bei mir zu tragen. Und ich bin so müde, Oliverio. Und es gibt bessere Formen des Umbringens bei uns, verfluchter Oliverio! Warum hast du ihn auf diese Weise getötet, nur zu deinem eigenen Vergnügen, ohne all die anderen teilnehmen zu lassen ...?»

«Wie heißt du?»

«Tlazol, nehme ich doch an, zu Ihren Diensten ...»

Katzenfreundliche Höflichkeit, die uns in lähmender Schwebe hält; «zu Diensten», «tun Sie, als ob Sie zu Hause wären», «ich stehe zu Ihrer Verfügung» ... Ich ergriff ihre brennendheiße Hand, und Tlazol errötete, drückte aber ihrerseits die meine. Ich zog sie in mein Zimmer, während der Mund in seiner lüsternen Verpackung aus Seide und Gummi verdächtig schwieg. Zu Diensten!

(Ich nehme an, Tlazol hat die Schlafzimmertür angelehnt gelassen; erst ein paar Minuten vor zwölf merkte ich es: Da schob sich bereits ein Fuß in die Öffnung, sprungbereit, dahinter das wimmelnde Gefolge seiner schwarzen Bruderschaft. Ich stemmte mich gegen die Tür, aber der Fuß wich nicht; nun hörte ich ihr Getuschel, tonlos, sanft, einschläfernd, wie sie in zerlumpten Knäueln durch den Korridor des Hotels schlurften; sie redeten, halb lachend, halb heulend, von Gemeinschaft, von Gesundheit, von sich drücken, sich drücken, sich drücken, indes die Lippen aus dem taktvollen Schlaf erwachten, in den sie bei Tlazols Besuch gefallen waren, und sie feixten unmäßig. Wie mich wehren? Sie kamen nicht herein, weil sie nicht wollten. Und ihre Lieder, so up-to-date *(Das Leben taugt nichts, immer fängt's mit Weinen an, immer hört's mit Weinen auf . . .)*, und ich wußte doch, daß sie alle Greise waren, mit steinern klopfenden Herzen und Mündern voller Asche. Sie brauchten nur zu schieben, allesamt – ich erriet ja, daß ihrer Tausende waren, dürstend nach etwas, das ich ihnen anbieten konnte, aber sie hatten es nicht eilig, sie waren ausdauernd, geduldig, lächelnd. Irgend etwas müßte sie doch bremsen! Meine Kräfte schwanden, ich schrie, schrie, wie kann ich euch überzeugen, wenn ihr mich nicht anhört? All die Dinge ... die Dinge sind von Natur aus dazu da, sich zu ändern, anders zu werden, zu sterben, damit andere entstehen, die auf sie folgen sollen ... warum bleibt ihr so, immer gleich, immer, mit euren Herzen aus Erz? Wißt ihr nicht, wißt ihr nicht, daß der Mensch, daß *ich* stärker bin als die Natur, weil sie stärker ist als ich und es nicht weiß, oh, *les rapports naturels qui dérivent de la nature des choses,* wenn ich vor dir stehen könnte, Natur, einfach nur als Mensch, *aber of Sand and a Heaven in a Wild Flower Hold infinity in the palm of your hand,* ja, das ist es ... *der Mensch will leben to see a World in a Grain,* fürchte dich nicht, ich werde dich nicht den Raubvögeln ausliefern ... Ich verteidige dich, jawohl, ich, die gesamte Reihe von Marmorsäulen und Waldblumen und unterjochten Wettern und blutenden Papyri und Siegen des Geistes und lebenden Maschinen, die nur dank Königsberg funktionieren. Die ganze unsichtbare Kumpanei lachte, lachte schallend, zupfte Gitarren, wälzte sich gewiß auf dem Boden vor Lachen; ihr Geflüster sagte, meine lange Leier sei längst von ihnen hinter Schloß und Riegel gesetzt – und kehre nach jedem Fluchtversuch ins Gefängnis zurück, in das tiefe Grab, das sie jedem bereithalten, der ihren Boden betritt, früher oder später; die Lippen fielen, noch in ihrer Verpackung, vom Stuhl auf den Boden, kreischten unaufhaltsam, der schwarze Fuß zog sich zurück, und nun konnte ich erschöpft die Tür schließen.)

Ich mußte sofort an die Luft gehen, Atem schöpfen, mir eine Schachtel Zigaretten kaufen. Den Mund holte ich aus dem Paket und setzte ihn auf meinen Jackenaufschlag; wie eine Klette krallte er sich an die Wolle. Durch die Hotelkorridore schlenderte Tlazol: Sie wollte mich nicht wiedererkennen, und die Lippen benützten meine Zerstreutheit, um abzuspringen und, kaum daß ich sah, wie sie über den Teppich hasteten, unter einer Türspalte durchzuschlüpfen. Wie gräßlich! Wie undankbar, dachte ich. Wie kann ich hinterher und mich an ihnen rächen? Es war schon keine Frage des Behaltens oder Bewunderns mehr, sondern daß ich sie das ganze Gewicht meines Willens spüren lassen mußte ... Ich öffnete die Tür zu einem dunklen Zimmer, tastete nach dem Schalter für die Lampen; keine funktionierte. Blindlings tappend, kniend, auf dem Bauch, suchte ich auf dem Teppich nach der Form der qualligen Lippen. Wo waren sie bloß? Ich durfte sie doch nicht verlieren! Es war zuviel für einen Tag!

«Hier bin ich, Oliverio», kreischte der Mund und pfiff aus einer Ecke.

Im Dunkeln stolpernd, auf Knien, mir den Kopf an den Möbeln stoßend, wühlte ich im Staub. Die Lippen fielen mir auf den Kopf, ohrfeigten mich, saugten mir die Luft aus der Nase. Ich rappelte mich auf, warf Stühle um, Lampen und schrie:

«Ich kann sie nicht finden, ich werde sie nie finden!»

Das wollte ich gar nicht sagen, im Gegenteil, ich

dachte: «Gleich werde ich sie finden, da sind sie ja ...!»
Und mein Mund sprach wieder, schäumend: «Ich kann nicht weggehen; dieser Mund ist mein Leben!» Was sollte er sonst sein – eine Laune, weiter nichts! Aber mein Mund sprach weiter, wand sich, sagte, was ich nicht dachte. Ich rannte in mein Zimmer. Neben dem Karussell im Park dudelte eine läppische Musikgruppe. Vor dem Spiegel blieb ich stehen. Ich war traurig und brach in Gelächter aus. Mein Atem schmeckte nach uralter Asche. Die Lippen bewegten sich. «Du bist mein Gefangener, Oliverio. Du denkst, aber ich spreche.»

Tatsächlich – sagte sich Oliverio, während er die Treppen hinuntereilte – die Lippen waren voll, frisch, aufgewölbt; sie sind der blutige Mund über seinem eigenen. Mit den Nägeln kratzte Oliverio an dem Mund; seine Augen waren zwei Tropfen voller Grauen; aber der Mund lachte, lachte, lachte.
«Du willst es nicht glauben, Oliverio? Du denke nur, ich spreche.» Er mußte vergessen. Oliverio mußte vergessen. Er mußte spät heimkehren, erst gegen Morgengrauen, im Schlaf diesen Wahnsinn töten und am Morgen erfrischt aufwachen.
Seine Bewegungen waren nicht mehr seine eigenen. Der Mund lenkte ihn durch die Straßen, führte ihn, wohin er wollte. In die literarischen Zirkel, in den Jockey Club, in eine politische Versammlung, zum

Club der Bankkaufleute: Überall brüllte er, fluchte, spie Haß und Blut auf die dicken Teppiche in den eleganten Salons. Da stand Oliverio, mitten im Salon, ruderte mit den Armen, einen Ausdruck des Grauens und der Scham im Gesicht, der nicht zu den Schimpfreden paßte aus seinen blauroten Lippen... «Hampelmänner! Wo glauben Sie wohl, daß Sie sich befinden? Glauben Sie wirklich, Sie können sich ungestraft wie Biskuittorten auf diesem Berg wurmzerfressener Tortillas benehmen? Wagen Sie bloß nicht, den ganzen Tag von Verstandesklarheit zu faseln, als ob Intelligenz ansteckend wäre in einem finsteren Land, das vor Spannung und Durcheinander platzt; Schlappschwänze, Hochstapler: Wozu plaudern Sie über das geistige Klima, über das Bewußtsein für das Menschliche? Achtung! Die Ungeheuer, die Sie verschlingen werden, in der Nacht, in der Finsternis, sind schon im Anmarsch: Poeten ohne Poesie, Kritiker ohne Kritik, Bänkelsänger der Drei-Minuten-Werbung. Fühlt eure Muskeln an unter diesen lastenden Gewändern der Unsterblichkeit, ihr milchbleichen, schlaffen Kerle aus Nudelteig, mit geborgtem Rückgrat, auf beiden Seiten zurückgewiesen: Der griechische Gott stößt euch zurück, der aztekische wird euch fressen, fressen!... Ihr fetten Männer mit den schiefen Hintern, ihr Mäuse, rennend auf dem Endlosrad, bereit zu allem, kämpfend gegen nichts, erfahrt das Scheitern! die Erlösung darin, erfahrt euch als letzten, verdrehten Auswurf, den die Nattern dieser Erde der verdorrten Monolithe gebären: Respektiert alles oder entweiht alles: Alles wird brachliegen, wird zu Gallert werden für die leblosen Rippen Mexikos, das Prachtgerüst für das tote, dunkle, vermoderte Fleisch, das Worte und Werke aufsaugt; unser Schicksal ist das Scheitern: Nach seinem Bilde sind wir geschaffen, ohne Ruh noch Rast wirken wir, es zu vollenden, darin liegt unser Tun, unser Ziel, unsere Verwirklichung! Ihr Leute, die ihr guten Willens seid: Hier taugt weder Versöhnung noch Verbeugung, außer sie sei noch ein Ausdruck für das, was scheitern muß, zwergenkleine Schrauben in dem gemeißelten steinernen Ungeheuer eines nutzlosen, machtlosen, herrenlosen Landes, das sich nur so lange hält, wie die Kräfte des fremden Erfolgs es ihm gestatten ... Mummenschanz von Galilei, Mummenschanz von Keynes, von Comte, von Fath und Marx; alle werden wir sie zermalmen, alle werden sie nackt dastehen, und nichts mehr wird es geben an Gewandung als Stein und grüne Schuppe, blutige Feder und nervigen Opal ...»

Und dann rannte ich hinaus aus den Gemächern, blind für die Reaktionen jener so achtbaren, so sauberen Männer, die man in Mexiko an den Fingern einer Hand abzählen kann. Der Mund allein trieb mich; ihm folgte ich, klammerte mich an ihn, schon ohne eigene Bewegung, wie ein Bündel Eingeweide und Haut. «Das hatte mir gefehlt, ein Nervensystem, dem ich mich anheften könnte!» lachte mein Mund.

Wir kehrten ins Hotel zurück. Der Mund stoppte mich vor dem Aufzug. Es war kurz vor Tagesanbruch. Ich wollte nicht in der Maschine nach oben fahren, aber mir blieb nichts anderes übrig. Wir stiegen ein, und der Mund befahl: «Letzten Knopf drücken!» Der Fahrstuhlführer zeigte sich widerspenstig. «Bis da hinunter ist dieser Fahrstuhl noch nie gefahren, Señor.» Der Mund bestand auf seinem Befehl, und endlich drückte er selbst meinen Finger auf den Knopf: Lautlos ging es abwärts, eingehüllt in klingende Luft, die Tür öffnete sich, und eine bräunliche Flüssigkeit strömte in den Käfig: Dieser Keller, überschwemmt, schwarz, roch nach Leichentuch, und alsbald flammten Lichter auf, und wüster Krach brach los. In eine Ecke des mechanischen Käfigs gepreßt, schrie ich, zitternd vor Entsetzen: Da zogen sie alle vorbei, durch den unterirdischen See, mit versteinertem Lächeln in einem Traum unbegrabener Mumien: Tepoyollotl, gewaltiges Herz aus Erde, Feuer speiend, die Arme mit den Gummiarterien durch die Pfuhle rudernd; die betrunkene Mayauel, mit bemaltem Gesicht und gelben Zähnen; Tezcatlipoca, wie Glas aus eisgewordenem Rauch in der Nacht; Izpapalotl, gefolgt von ihrem Hofstaat aufgespießter Schmetterlinge; der Doppelgänger in der Spiegelgalerie, Schatten aller Schatten, Xolotl; die Federn schwarz verkohlt und sich zeitlos durch jedes Gedränge schlängelnd: Quetzalcóatl. An den Wänden kroch die Schnecke Tecciztecatl hoch, in ihre

Schleimfäden verheddert. Ein weißes Chamäleon mit Schneeatem fraß den Schlamm, und der Totenschädel blinkte im Hintergrund, gefangen im fließenden Unrat und den Papageiengesang krächzend. Auf dem Thron aus Erde, schweigend und schwanger, zu schwarzem Staub zerfallend, die Alte Fürstin dieser Unterwelt, Ilamatecuhtli, ihr Antlitz zerschlissen von einem Schleier aus Dolchen. Die zerfallenden Leiber wußten sich aufgehoben in der Faulgrube des Sees.
Ein Heer roter Schmetterlinge hatte den ohnmächtigen Fahrstuhlführer bis in die Mitte des Sees geschleppt; nun kehrten sie zurück, mich zu holen. «Komm, Oliverio, zur Vereinigung, zur Erlösung!» schrien meine Lippen, während mein Körper mit einer letzten Anstrengung auf sämtliche Klingeln des Aufzugs drückte, bis die Tür sich schloß und wir hochfuhren, fort von der Meute, von dem unaufhörlichen Singen flügelloser Vögel.

Gleich würde es hell werden. Ich wollte mich ausziehen, als Nägel an der Tür scharrten. Es war Tlazol, die mich bat, ihr zu öffnen.
«Ich kann nicht mehr, Tlazol. Ein andermal, bitte ... heute nicht mehr ...»
Ihre Stimme flüsterte ruhig: «Das gibt's doch nicht, ich hatte gedacht, du seist ein echter Macho.»
Das war die allerletzte Beleidigung! Meine Menschenwürde hatte man mir genommen, die gesell-

schaftliche Stellung, die Höflichkeit, meinen Willen ganz und gar, und jetzt wollte man noch meine Männlichkeit morden! Ich riß die Tür weit auf: Tlazol in Zeremonialgewändern, behängt mit riesigen Edelsteinen und Schlangen, schritt auf mich zu und wollte mich umarmen: Mein Mund lachte irre. Tlazol schloß die Tür ab, ihre Lippen näherten sich den meinen und rissen sie in Fetzen herunter. In der Hand der Göttin funkelte ein mattglänzender Dolch; langsam, langsam hob sie ihn zu meinem Herzen. Das Fleisch der Lippen lag gräßlich stöhnend auf dem Fußboden.

Die Lippen schrien, fast war es ein Seufzer: «Flieh, Oliverio, flieh ... Ich wollte es nicht soweit kommen lassen ... Auch ich glaube ... Oh, warum hast du mich aus der Kontemplation gerissen!»

Tlazol umschlang mich in einem Krampf ohne Seufzer. Der Dolch blieb dort stecken, in meiner Mitte, sich drehend wie ein toll gewordener Kreisel, während sie dem Heer der winzigen Geräusche die Tür öffnete: Flügeln und Nattern, allem, was sich im Gang drängte, und die verstimmten Gitarren und die inneren Stimmen sangen.

Der das Schießpulver erfand

Einer der wenigen Intellektuellen, die es in den Tagen vor der Katastrophe noch gab, war der Meinung, möglicherweise trüge Aldous Huxley die Schuld an allem. Jener Intellektuelle – Ordinarius für Soziologie in dem berühmten Jahr, da die Menschheit insgesamt ihm einen Ehrendoktor verlieh und alle Universitäten ihre Pforten schlossen – erinnerte sich noch an manche Probe von *Music at Night:* Die Snobismen unserer Epoche sind die der Ignoranz und des Dernier cri; und dank dieses letzteren halten sich Fortschritt, Industrie und Kulturbetrieb. Bei Huxley, mein Freund erinnerte daran, fand sich der Ausspruch eines nordamerikanischen Ingenieurs: «Wer einen Wolkenkratzer baut, der länger als vierzig Jahre hält, ist ein Verräter am Baugewerbe.» Hätte ich genügend Zeit gehabt, um die Überlegung meines Freundes zu überdenken, dann hätte ich vielleicht gelacht, geweint, über seinen fruchtlosen Versuch, die komplizierte Verkettung von Ursachen und Wirkungen weiterzuverfolgen, von Ideen, die in Handlungen umgesetzt werden, Handlungen, die Ideen nähren. Aber in jenen Tagen waren die Zeit, die Ideen, die Handlungen dem Tode nah.

Die Situation war in Wahrheit nichts Neues. Nur daß bis dahin wir Menschen es gewesen waren, die sie hervorgebracht hatten. Das war es, was sie rechtfertigte, sie lustig und begreiflich machte. Wir waren es, die das alte Auto gegen das diesjährige Modell eintauschten. Wir diejenigen, die die unbrauchbar gewordenen Dinge in den Abfall kippten. Wir diejenigen, die zwischen den verschiedenen Marken eines Produkts unsere Wahl trafen. Manchmal waren die Umstände eher komisch; ich denke noch daran, wie eine meiner jungen Freundinnen ein Deodorant umtauschte, nur weil die Werbeannoncen ihr versicherten, daß die neue Ware so etwas wie ein Garantieschein für Liebe auf den ersten Blick sei. Andere waren betrüblich; man gewöhnt sich mit der Zeit an eine Pfeife, an die ausgetretenen Schuhe, die Schallplatten, die am Ende nur noch Nostalgie waren, und das alles wegzuwerfen, es der Anonymität der Altkleidersammlung und des Müllschluckers zu überantworten, gab Anlaß zu einer gewissen Wehmut.

Man hatte nicht einmal Zeit herauszufinden, welcher teuflische Plan dahintersteckte oder ob alles das plötzliche Hereinbrechen eines Naturphänomens war, das wir im Griff zu haben geglaubt hatten. Auch nicht, wo der Aufstand angefangen hatte, die Vergeltung, das Schicksal – benennen können wir es nicht. Tatsache ist, daß eines Tages mein Frühstückslöffel aus echtem Sterling-Silber sich in meinen Händen auflöste. Ich maß der Angelegenheit keine besondere

Wichtigkeit bei und ersetzte den untauglichen Gegenstand durch einen ähnlichen von gleichem Design, damit meine Bestecke vollzählig blieben und ich zwölf Personen mit einigem Anstand bewirten konnte. Der neue Löffel hielt eine Woche lang; zusammen mit ihm löste sich das Messer auf. Die Ersatzstücke überdauerten keine zweiundsiebzig Stunden, bevor sie zu Gelatine wurden. Und da mußte ich natürlich die Schubladen aufziehen und mich vergewissern: Sämtliche Bestecke ruhten auf dem Grund der Kästen: eine dickliche graue Masse. Eine Zeitlang glaubte ich, es handle sich um eine singuläre Erscheinung. Die glücklichen Besitzer solch wertvoller Gegenstände hüteten sich, etwas mitzuteilen, das, später war es nicht mehr geheimzuhalten, bereits zu einer allgemeinen Erscheinung geworden war. Als die Löffel, Messer, Gabeln aus Gelbmetall sich auflösten, die aus Aluminium und Blech, die von Krankenhäusern, Armen, Kneipen, Kasernen benutzt wurden, war es nicht mehr möglich, das Unglück, das uns betroffen hatte, zu vertuschen. Es gab einen Aufruhr: Die Industrie begegnete ihm mit der Versicherung, durch eine gigantische Anstrengung würde sie imstande sein, die Nachfrage zu befriedigen, derart, daß alle vierundzwanzig Stunden die Tischbestecke für hundert Millionen Haushalte ersetzt werden könnten.

Die Berechnung erwies sich als exakt. Jeden Tag löste sich mein Teelöffel – auf ihn beschränkte ich mich, auf den billigsten, für jeden kulinarischen Gebrauch verwendbaren Artikel – nach dem Frühstück in Staub auf. Eilig verließen wir alle unsere Wohnungen, um für den Erwerb eines neuen Schlange zu stehen. Soviel ich weiß, kauften nur ganz wenige en gros ein; wir ahnten, daß hundert heute gekaufte Löffel morgen zu einer Paste zusammengeschmolzen sein würden oder daß womöglich unsere Hoffnung, sie möchten vierundzwanzig Stunden überdauern, ebenso groß wie unbegründet wäre. Der gesellschaftliche Austausch lag vollständig danieder; niemand konnte seine Freunde einladen, und der mißverstandenen nostalgischen Bewegung für eine Rückkehr zu den Sitten der Wikinger war nur ein kurzes Leben beschieden.

Diese noch bis zu einem gewissen Grad heitere Situation dauerte kaum sechs Monate. Eines schönen Morgens wollte ich meine tägliche Zahnpflege beenden. Ich merkte, daß die Zahnbürste noch in meinem Mund zu einem Plastikschlänglein wurde; stückchenweise spuckte ich sie aus. Von nun an wiederholte sich diese Art von Ärgernissen pausenlos. Ich erinnere mich, daß an dem Tag, als ich das Büro meines Vorgesetzten in der Bank betrat, der Schreibtisch in Stahltrümmer auseinanderfiel, während die Zigarren des Bankiers zerstoben, zerfaserten und sogar die Schecks seltsame Zeichen der Unruhe von sich gaben ... Bei der Heimkehr falteten sich meine Schuhe wie eine Lederblume auseinander, und ich mußte barfuß weitergehen. Fast nackt kam ich daheim an: Die Kleidung war mir in Fetzen vom Leibe gefallen, die Farben der Krawatte hatten sich verselbständigt und waren wie Schmetterlinge davongeflattert. Und noch etwas fiel mir auf: Die Autos auf den Straßen blieben plötzlich stehen, und während die Fahrer ausstiegen, ihre Jacketts am Rücken zu Staub zerfielen und allesamt einen Geruch nach Achselschweiß und chemischer Reinigung ausströmten, bebten die in rote Gasschwaden gehüllten Gefährte. Als ich mich von dem Eindruck erholt hatte, faßte ich die Karosserien ins Auge. Die Straße war ein Hexenkessel von Karikaturen: Fords Modell T, Blechkästen von 1909, Tin Lizzies, viereckige Raupenfahrzeuge, längst aus der Mode gekommene Modelle.

Der Run auf die Bekleidungs- und Einrichtungsgeschäfte, auf die Autohändler an jenem Nachmittag ist nicht zu beschreiben. Die Autoverkäufer – dies hätte uns warnen sollen – hatten bereits das Modell der Zukunft bereitstehen, von dem in wenigen Stunden Tausende verkauft wurden. (Am nächsten Tag annoncierten alle Händler das Erscheinen des allerneuesten Modells der Zukunft, die Stadt war voll von überholten Anzeigen des Modells von gestern – das tatsächlich schon einen Mottendunst von sich gab –, und eine neue Lawine von Käufern ergoß sich über die Händler.)

Hier muß ich einen Hinweis einschalten. Die Reihe der Geschehnisse, von denen ich hier berichte und deren letztendliche Auswirkungen man niemals richtig eingeschätzt hat, wurden, weit davon entfernt, Erstaunen oder Unwillen hervorzurufen, von der Bevölkerung unserer Länder mit Jubel, ja mit einem Rausch der Begeisterung aufgenommen. Die Fabriken arbeiteten mit Volldampf, und das Problem der Arbeitslosigkeit war vorbei. Lautsprecher an allen Straßenecken erläuterten den Sinn dieser neuen industriellen Revolution: Von den Vorteilen des freien Unternehmertums profitierte heute wie noch nie ein immer breiterer Markt; mit der Herausforderung durch den Fortschritt konfrontiert, erfüllte die Privatinitiative die täglichen Bedürfnisse des Individuums in nie gesehener Vielfalt; die Auffächerung eines durch ständige Erneuerung der Konsumartikel charakterisierten Marktes versprach ein reiches, hygienisches und freies Leben: «Karl der Große starb in seinen alten Socken» – verkündete ein Plakat – «Sie werden in einem fabrikneuen Paar Elasto-Plastex sterben.» Der Wohlstand war unglaublich; alle arbeiteten in der Industrie, verdienten riesige Löhne und gaben sie im täglichen Tausch der unbrauchbar gewordenen Dinge für die neuen Produkte wieder aus. Man berechnet, daß allein in meinem Stadtbezirk alle achtzehn Stunden mehr als zweihundert Billionen Dollar in Wertpapieren und Bargeld umgesetzt wurden.

Die Vernachlässigung der Landwirtschaft wurde aufgefangen und harmonisiert durch die chemische, die Transport- und Elektroindustrie. Wir aßen nun Vitaminpillen, Kapseln und Granulate, unter der strengen medizinischen Auflage, sie im Ofen zuzubereiten und mit Messer und Gabel zu verzehren (die Pillen, die von einem elektrischen Wachs umhüllt waren, rollten beim Kontakt mit den Fingern des Essenden davon).

Ich muß gestehen, daß ich mich der Situation in aller Ruhe anpaßte. Ein erstes Entsetzen packte mich eines Abends, als ich meine Bibliothek betrat. Über den Fußboden verstreut lagen wie Tintenlarven die Buchstaben aller Bücher. Hastig blätterte ich mehrere Bände durch: leer die Seiten. Eine wehmütige, getragene Abschiedsmusik umgab mich; ich versuchte die Stimme von dem Text zu unterscheiden; nach einer Minute erstarben sie, zu Asche geworden. Beklommen ging ich auf die Straße, um zu erfahren, was für neue Ereignisse das nun wieder ankündigte; durch die Luft rasten wie taumelnde Vampire Wolken von Buchstaben; zuweilen stießen sie unter elektrischen Entladungen aneinander ... *Liebe, Rose, Wort* blinkten einen Augenblick am Himmel, um sich in Weinen aufzulösen. Beim Licht eines dieser Blitze sah ich etwas anderes: unsere großen Gebäude begannen Risse zu zeigen; auf dem einen konnte ich eine gezackte Ader erkennen, die rasend schnell den Betonrumpf entlanglief. Das gleiche auf den Bürgersteigen, den Bäumen, womöglich in der Luft. Der Morgen bescherte uns eine von Wunden glitzernde

Haut. Teile der Arbeiterschaft mußten die Fabriken verlassen, um sich dem Wiederaufbau der Stadt zu widmen; es half nichts, denn jedes Flicken ließ neue Brüche zutage treten.

Hier endete die Periode, die offenbar dem Vierundzwanzig-Stunden-Rhythmus gehorcht hatte. Von nun an begannen unsere Geräte in kürzerer Zeit zu zerfallen; manchmal innerhalb von zehn, manchmal von drei oder vier Stunden. Die Straßen füllten sich mit Bergen von Schuhen und Papieren, mit Dickichten von zerborstenen Tellern, falschen Gebissen, zerschlissenen Mänteln, Bücherhülsen, Gebäuden, von Pelzen, Hausrat und verwelkten Blumen, von Kaugummis, Fernsehern und Batterien. Manche Leute versuchten, die Dinge wieder in Dienst zu nehmen, behandelten sie schlecht, zwangen sie, weiterhin ihre Pflicht zu tun; bald erfuhr man von verschiedenen merkwürdigen Todesfällen, Männer und Frauen waren von Löffeln und Besen durchbohrt, von ihren Kissen erstickt, von ihren Krawatten erhängt worden. Alles, was nicht nach strikter Erfüllung seiner Funktionszeit auf dem Müll landete, rächte sich so am störrischen Konsumenten.

Der in den Straßen aufgehäufte Abfall verstopfte sie. Wegen der Flucht des Alphabets konnten Anordnungen nicht mehr geschrieben werden; alle fünf Minuten hörten die Lautsprecher auf zu funktionieren, und der ganze Tag verging damit, daß man sie durch andere ersetzte. Muß ich hervorheben, daß die Müllarbeiter zur privilegierten Gesellschaftsschicht aufrückten und daß die *Geheime Glasbruderschaft* de facto die aktive Macht hinter unseren republikanischen Institutionen war? Mündlich wurde die Losung verbreitet: Zur Rettung der Lage erfordern die gesellschaftlichen Interessen, daß die Dinge mit täglich größerer Schnelligkeit verzehrt und verbraucht werden. Die Arbeiter verließen die Fabriken nicht mehr; in ihnen konzentrierte sich das Leben der Stadt, und Gebäude, Plätze, ja die Wohnräume verkamen. In den Fabriken, hörte ich, montierte ein Arbeiter ein Fahrrad, fuhr damit eiligst über den Hof, das Fahrrad weichte auf und wurde auf den Müllzug geworfen, der täglich wuchs und wie eine schlaffe Arterie durch die Stadt pulste; sofort kehrte der gleiche Arbeiter zurück, setzte ein neues Fahrrad zusammen, und der Vorgang wiederholte sich, endlos. Das gleiche geschah mit den anderen Produkten; ein Hemd wurde sofort von dem Arbeiter getragen, der es hergestellt hatte, und nach einer Minute weggeworfen; alkoholische Getränke mußten von den Einfüllern getrunken werden und die entsprechenden Medikamente gegen Kater von den Fabrikanten, die nie Gelegenheit bekamen, sich zu betrinken. So geschah es überall.

Meine Arbeit in der Bank hatte keinen Sinn mehr. Geld war nicht mehr im Umlauf, seit Produzenten und Konsumenten, in ihren Betrieben vergraben, zwei Handlungen zu einer verkoppelt hatten. Mir wies man einen neuen Arbeitsplatz in einer Rüstungsfabrik an. Ich wußte, daß die Waffen in verlassene Gegenden geschafft und dort benutzt wurden; eine Luftbrücke übernahm es, die Bomben schnell, bevor sie zerplatzten, zu transportieren und die schwarzen Eierlein im Sand jener geheimnisvollen Stätten abzulegen.

Jetzt, da ein Jahr vergangen ist, seit mein erster Löffel sich auflöste, klettere ich auf die Äste eines Baumes und versuche, zwischen Rauch und Sirenen etwas von der Kruste der Welt zu erkennen. Der Lärm, der sich zu einer Substanz verdichtet hat, stöhnt über den Mülltälern; ich fürchte – wegen meiner letzten Erfahrungen mit den wenigen noch verwendbaren Dingen, die ich finde –, daß ihre Nutzungsspanne auf Bruchteile von Sekunden geschrumpft ist. Die Flugzeuge zerschellen mit Bomben beladen in der Luft; aber ein ständiger Ansager in einem Hubschrauber kreist über der Stadt und verkündet die alte Parole: «Benutzt, benutzt, konsumiert, konsumiert, alles, alles!» Was ist noch da, das sich benutzen läßt? Wenige Dinge, zweifelsohne.
Hier hause ich seit einem Monat, versteckt in den Ruinen meines ehemaligen Hauses. Ich war aus der Rüstungsfabrik geflohen, als ich merkte, daß alle, Arbeitnehmer und Arbeitgeber, das Gedächtnis und auch die Fähigkeit der Voraussicht verloren haben ...

Sie leben in den Tag hinein, von Sekunden umstellt. Und ich hatte plötzlich das dringende Gefühl gehabt, daß ich in dieses Haus zurückkehren müßte, versuchen, mich an etwas zu erinnern – wenigstens an diese Bemerkungen, die ich eilig hinkritzele und die so wenig aussagen von einem Jahr so voll von Erwähnenswertem – und irgendeinen Plan auszuarbeiten.

Welche Freude! Im Keller fand ich ein Buch mit gedruckten Lettern, *Treasure Island,* mit dessen Hilfe ich die Erinnerung an mich selbst, an den Rhythmus vieler Dinge wiedergewonnen habe ... Ich lese das Buch zu Ende («Pieces of eight! Pieces of eight!») und schaue mich um. Das nackte Rückgrat der verschmähten Dinge, ihr Pestschleier. Die Verlobten, die Kinder, die noch singen konnten, wo sind sie, warum habe ich sie vergessen, warum haben wir sie vergessen in dieser ganzen Zeit? Was ist aus ihnen geworden, während wir nur an Verrottung und Schaffung neuer Dinge dachten (und ich nur schrieb)? Ich ließ meinen Blick über die Müllhalden wandern. Die kaugummihafte Undurchsichtigkeit ist bunt von tausend Kratzern: Autoreifen, Lumpen, das stinkend Gedunsene, das schwärende Fleisch der Verwesung breiten sich unterirdisch durch die Rinnsale des geborstenen Asphalts aus; und ich konnte Narbiges entdecken, das waren sich umarmende Leiber, Hände wie Riemen, aufgerissene Münder, und ich erfuhr von ihnen.

Von den allegorischen Denkmälern, die man zu Ehren der Wirtschaftler der Vergangenheit auf den Müllhalden errichtet hat, kann ich keine Vorstellung vermitteln. Das den *Harmonien von Bastiat* gewidmete ist besonders grotesk.
Zwischen den Seiten des Stevenson ein Päckchen Gemüsesamen. Ich habe sie in die Erde gelegt, mit welcher Liebe!... Da fliegt wieder der Ansager:

«Verbraucht alles... alles... alles»

Jetzt, jetzt erstickt mich ein blauer Pilz mit düsteren Rauchfahnen unter dem Krachen der zersplitterten Scheiben...

Ich sitze auf einem Strand, den früher – wenn ich mich einigermaßen an Geographie erinnere – kein Meer bespülte. Im Universum gibt es nichts Gemachtes mehr als zwei Sterne, die Wellen und den Sand. Ich habe ein paar dürre Äste aufgehoben; ich reibe sie aneinander, lange Zeit... Aahh, der erste Funken...

Nachwort

In seinem Essay über Carlos Fuentes «La máscara y la transparencia» (‹Die Maske und die Durchsichtigkeit›) sagt Octavio Paz: «Der Titel (‹Los días enmascarados›) zeichnet die Richtung seines späteren Werkes vor. Er spielt auf die fünf letzten Tage des aztekischen Jahres an, die *Nemontani:* fünf mit Maguey-Blättern Maskierte (Verhüllte), hatte der Dichter Tablada gesagt. Fünf namenlose Tage, leere Tage, an denen jede Tätigkeit unterbrochen wurde: eine zerbrechliche Brücke zwischen dem Ende eines Jahres und dem Beginn eines neuen.»[1] «Terra Nostra», das bisher umfangreichste und anspruchsvollste Werk unseres Autors[2], bringt im zweiten Teil («Die Neue Welt») diese fünf Tage, in denen der junge Wanderer aus der Alten Welt einer Läuterung unterzogen wird. Ich übersetzte sie als «verhüllte» Tage, wenn auch kein Adjektiv, auch nicht die von Paz angebotenen: «leer», «namenlos», den geheimen Sinn von «enmascarados», nämlich «maskiert, hinter einer Maske», ganz wiedergibt.

Die Maske gehört, ebenso wie der Spiegel, zu Fuentes' immer wiederkehrenden Motiven, mit denen er die «Wirklichkeit hinter der Wirklichkeit» erkunden und abbilden will. Insofern sind für ihn die «Tage hinter einer Maske» – unwirkliche Tage, deren Geschehen nicht ohne weiteres zu deuten ist – ein willkommener Titel: Die sechs Texte dieses Bandes spielen sich außerhalb der Zeit ab, sogar außerhalb von Zeit und Raum, denn nicht nur ist die chronologische Zeit aufgehoben, sondern auch die Räume, in denen Fuentes sich hier bewegt, sind fiktiv, trotz mancher präziser Angaben: Mexiko-City, Panama. Aber der vorherrschende Eindruck in allen Stücken ist das Un-Zeitliche. Die Beziehungen zwischen Zeit und Raum, ihre Gegensätzlichkeit wie ihr Ineinanderverwobensein, haben Fuentes von jeher fasziniert. Er, der kein Deutsch spricht, wäre sicherlich entzückt zu erfahren, daß es bei uns den Ausdruck «Zeitraum» gibt. Gegenwärtig, da sich der Begriff der Zeit als vierte Dimension durchzusetzen beginnt, da die Physik der Metaphysik die Hand reicht, da das Vorstoßen in unendlich kleine wie unendlich große Zeiten und Räume die Grenzen zwischen Naturwissenschaft und Philosophie verwischt, wenn nicht gar aufhebt (Max Plancks Quantensprünge), da die Gegenüberstellung von Subjekt und Objekt, von Geist und Stoff in Frage gestellt wird, mag es uns leichter fallen, Wirklichkeiten zu begreifen, die nicht fest in den alten Kategorien der drei Dimensionen wurzeln.

Fuentes hat des öfteren betont, daß er seine Themen «mexikanisch» behandeln will, das heißt auf Bewußtseinsebenen, die wir gern dem «magischen

Realismus» zuordnen. Dieser Ausdruck wurde von dem guatemaltekischen Autor Miguel Ángel Asturias geprägt, der die Einbeziehung magischer Elemente in die Literatur als indianisch (auch afrikanisch) aufgezeigt und bewußt verwendet hat. Fuentes ist allerdings der «indigenistischen» Literatur gegenüber mißtrauisch und bezeichnet sie als nostalgisch und folkloristisch, ungeeignet, die neuen wie alten Probleme des amerikanischen Halbkontinents und seiner präkolumbischen Kulturtradition darzustellen. Wie wir sehen werden, verwendet er mythische Überlieferung auf moderne Weise.

Die vorliegenden Texte wurden 1954 als sein erstes Buch in der Reihe «Los Presentes» publiziert, waren eine Zeitlang vergriffen und wurden 1982 als Taschenbuch neu aufgelegt. Von den sechs Stücken sind einige später mit anderen zusammen erschienen: «Chac Mool», das als Erzählung im eigentlichen Sinne bekannteste, in dem Sammelband «Cuerpos y ofrendas» (‹Körper und Opfer›); sie wurde zur Titelgeschichte des in der Bundesrepublik 1976 veröffentlichten Sammelbandes, der Erzählungen aus den genannten «Cuerpos y ofrendas» und «Cantar de ciegos» (‹Gesang von Blinden›) vereint.[3] «Tlactocatzine, aus einem flandrischen Garten» findet sich als Übersetzung auch in dem amerikanischen Sammelband «Burnt Water» (‹Verbranntes Wasser›).

Deutsche Arbeiten über das erzählerische Werk von Carlos Fuentes gibt es nur vereinzelt; eine Zusammenstellung findet sich im Literaturverzeichnis der wichtigen Magisterarbeit von Ingrid Simson.[4] Dagegen ist eine Reihe nordamerikanischer und mexikanischer Untersuchungen zu «Los días enmascarados» (und anderen Erzählungen) zugänglich, die allerdings meist nur Teilaspekte behandeln und wichtige Überlegungen nicht anstellen: Die Verfasser möchten vor allem beweisen, wie sehr es dem Mexikaner Carlos Fuentes um die politische und soziale Darstellung und das Verstehen seines Landes geht. Das ist sicherlich ein Anliegen, das er mit fast allen Schriftstellern der Welt teilt. Jeder anspruchsvolle Text weist jedoch über seine landes- und gesellschaftsbezogene Perspektive hinaus in Szenarien räumlicher und zeitlicher Art, die überall auf dem Erdball vorkommen. Wie wäre es sonst möglich, daß in Indien und China Goethe und Grass gelesen und verstanden werden und bei uns García Márquez, Octavio Paz und Carlos Fuentes?

Die beiden Letztgenannten, die heute als bedeutendste Autoren Mexikos gelten dürften, haben in ihrem literarischen Werk einiges gemeinsam. Paz, der etwa fünfzehn Jahre ältere, hat mit seinem Essayband «Das Labyrinth der Einsamkeit» Fuentes wichtige Anstöße zu seiner Beschäftigung mit der mexikanischen Identität gegeben.[5]

Metaphern, Symbole und Allegorien: Schlüssel, die der Mensch sich geschmiedet hat zum Verständnis seiner selbst und seiner Geschichte im weitesten

Sinne: Fuentes verwendet sie reichlich, überreichlich manchmal, so daß unsere verdorrte Phantasie ihm kaum zu folgen vermag; aber was ihn bewegt, umtreibt, seine «Gespenster», wie der argentinische Schriftsteller Ernesto Sábato es nennt, sind uns nicht fremd, wir erkennen sie wieder.

Die genannten Formen bildlichen Ausdrucks sind freilich nicht so eindeutig und streng geschieden wie in den Lehrbüchern der Rhetorik: Ist die Steinfigur, der Chac Mool, eine allegorische Figur für die starr in die Gegenwart hineinragende Vergangenheit, die den Menschen zu ihrem Gefangenen macht und ihn schließlich umbringt? Oder ist er ein Symbol für das letzten Endes nicht zu entschlüsselnde Geheimnis der mexikanischen Götterwelt? Ist die kleine, schemenhafte Alte im «Flandrischen Garten», deren Namen wir erst in der letzten Zeile erfahren: «Charlotte, Kaiserin von Mexiko», Symbol für das Gefangensein im Tode, oder ist sie Motiv für anderweitig ausgesponnene Erzählungen über Mann und Weib, Jugend und Alter? Tatsächlich erscheint sie in fast allen Romanen unseres Autors.

Und noch eine Metapher: Das Hochhaushotel, in dem Oliverio («Durch der Götter Mund») wohnt, wird zur Pyramide, auf deren Spitze er geopfert wird, ein Gefangener auch er der mythischen Wesen der Vergangenheit, die sich in Gestalt Tausender von Elenden durch die Straßen des modernen Mexikos wälzen oder tief unter der Stadt, in der zu Schlamm gewordenen Lagune (im Keller des Hotels), auf ihre Stunde warten.

Das Interesse von Fuentes für die mexikanische Mythologie als Präsenz des Irrationalen prägt bereits seine allerersten, nicht in Buchform erschienenen Erzählungen und ist in jedem seiner späteren Werke nachzuweisen. Man hat ihm die Beschäftigung mit dieser doch längst vergangenen Götterwelt nicht selten vorgeworfen, und für europäische Leser, die mit der mexikanischen Mythologie nicht vertraut sind, sind Tlazolteotl, Tezcatlipoca, Quetzalcóatl und viele andere verwirrende Figuren. Wir vergessen dabei allzuleicht, mit wieviel Mythischem, das heute ganz anders gedeutet wird, wir täglich umgehen, nicht nur in der Literatur. Die griechischen und germanischen Götter und Helden scheinen zwar in die Kinderwelt verdrängt zu sein, wo sie als «He-Man, der Stärkste der Starken», «Fisto mit der eisernen Hand» und «Stratos der sprechende Vogel»[6] weiterleben, aber die «heidnische» Vergangenheit ist auch bei uns keineswegs überwunden. Germanien mit seinen vielen Stämmen war erst um 800 n. Chr., unter Karl dem Großen, oberflächlich christianisiert, nach etwa drei- bis vierhundert Jahren intensiver Mission, die unter ähnlich blutigem Druck erfolgt war wie in Mexiko. Wir brauchen uns nur daran zu erinnern, daß bis heute Reste jener alten Mythen in Volksmund, Literatur, Musik, Märchen, ja, in unserem alltäglichen Sprachgebrauch vorhanden sind.

Die abendländische Mythentradition wird längst wissenschaftlich aufgearbeitet: durch Psychologie und Soziologie und ihre historischen Schwesterdisziplinen, die ihr in Wahrheit natürlich nur andere Namen verleihen. Das gleiche geschieht jenseits des Atlantiks. Es ist kein Wunder, daß trotz des spanischen Versuchs zur Unterdrückung der ursprünglichen Religionen in Mittelamerika noch viel von ihnen überlebt hat. Auch Carlos Fuentes schöpft aus diesem Erbe für seine Darstellung Mexikos und dessen vielfältiger Spannungen sozialer und kultureller Art. Wenn man bedenkt, daß seit der Ausrottung der alten Götter in der Neuen Welt kaum fünfhundert Jahre vergangen sind, dann wird dieser Rückgriff durchaus verständlich.

Was steckt nun von dem Individuum Carlos Fuentes, einem weißen Mexikaner, Abkömmling von Spaniern und manch anderen Zugewanderten – sogar eine Deutsche ist darunter –, in seinem Werk? Unter welchen Schwierigkeiten und Konflikten vollzieht sich die Entwicklung eines Menschen in einem Umfeld, in dem ungleich mehr Identitätsprobleme zu bewältigen sind als beispielsweise bei uns in Mitteleuropa, wo die Zugehörigkeit zu einer Kultur kaum noch ein Problem darstellt?

In einer einzigen wissenschaftlichen Arbeit, über den Text «Tlactocatzine, aus einem flandrischen Garten», ist die Frage angedeutet, ohne daß sie begriffen, geschweige denn behandelt worden wäre.[7] Es fällt auf, daß ihr Verfasser die Hauptfigur «Carlos» nennt, obwohl dieser Name im Text nicht erscheint. Wollte er andeuten, daß Fuentes hier sich selbst als Gefangenen und endlich Doppelgänger der zur Todesgöttin gewordenen Kaiserin von Mexiko dargestellt habe: Carlos (Fuentes) gleich Charlotte? Hat er den Namen unbewußt in den Text hineingelesen und damit eine vorgefaßte Deutung herausgelesen?

Das in derselben Erzählung anklingende Motiv des Menschen, dessen Geschlecht nicht klar bestimmt ist, steckt übrigens auch in der «Litanei von der Orchidee». Die Hauptfigur trägt den englisch/nordamerikanischen Mädchennamen Muriel.[8] Dieses Detail habe ich in keiner Arbeit erwähnt gefunden. Fuentes gibt seinen Gestalten aber keine willkürlichen Namen. Der Doppelgänger und die doppelte, zwiegeschlechtliche Identität spielen eine Rolle in «Terra Nostra», schon vorher in «Aura» und «Geburtstag» und in den meisten seiner späteren Werke. Gloria Durán, die eine sorgfältige Arbeit über «Die Hexen im Werk von Carlos Fuentes» geschrieben hat, führt sein Interesse auf Interpretationen des Unbewußten durch C. G. Jung zurück, und sie schreibt Fuentes dazu einen Brief. Er versichert, Jung, jedenfalls zum Zeitpunkt seiner Antwort, nicht gelesen zu haben, akzeptiert aber ihre Deutung der Hexe als Anima, des Weiblichen im Mann, wie umgekehrt der Animus das männliche Prinzip in der Frau ist.[9]

«Chac Mool», «Tlactocatzine, aus einem flandrischen Garten» und «Durch der Götter Mund» gehören motivisch zusammen. Die drei Stücke behandeln den (mexikanischen) Menschen als Gefangenen der Vergangenheit, die ihn nicht losläßt. Fuentes betrachtet das Weiterbestehen der aztekischen Vorstellungswelt als ein Unglück für Mexiko; denn das Beharren in einem kreisenden, immer gleichen Universum hemmt die Entwicklung einer Zukunft für das Land und seine Menschen. Immer wieder schreibt er darüber, daß in Mexiko der Mensch hilfloser Gefangener von Mächten, den «Göttern», ist, die weiter Blutopfer fordern wie jene, die ihnen zur Zeit der Conquista auf den Pyramiden dargebracht wurden, wofür die Eroberer sie, nur scheinbar, in die Unterwelt verbannten.

In «Chac Mool» wird Filiberto zum Gefangenen, wie er die indianische Vergangenheit nicht mehr ernst nimmt und steinerne Götzen als Kuriositäten sammelt. Zur Strafe wird das Abbild des Regengottes lebendig und läßt sein Opfer ertrinken.

In «Tlactocatzine, aus einem flandrischen Garten» wird der ahnungslose Tagebuchschreiber in einen «Palast» mitten im modernen Mexiko gelockt: Zur Zeit der kurzen Herrschaft des habsburgischen Kaisers Maximilian und seiner Gemahlin Charlotte und während der Präsidentschaft von Porfirio Díaz wurde Mexiko «die Stadt der Paläste» genannt; eigentlich waren es große Stadtvillen, von denen heute kaum eine erhalten ist. In dem alten Haus, das von einem Grundstücksmakler als Vergnügungsclub für seine amerikanischen Freunde gekauft wurde, überlebt eine andere mexikanische Vergangenheit: die der europäischen Intervention, in Gestalt der wahnsinnig gewordenen Charlotte, die nicht aufhören kann, nach ihrem Max zu suchen. Ohne die Möglichkeit, zu fliehen, gerät der Erzähler in den Bann des verzauberten Gartens, wo Jahreszeiten herrschen, die es in Mexiko gar nicht gibt, wo die «Kapuzinergruft» (die Grabstätte der Habsburger in Wien) allabendlich die unsterbliche, ewig alte, ewig junge Charlotte zu den Immergrünblüten entläßt (die auf Spanisch «Siempreviva», ‹Immerlebendige› heißen), die sie für das Grab ihres Max pflückt.

Als Carlos Fuentes sieben Jahre alt war, besuchte er mit seinen Eltern die Sommervilla Maximilians, des «Tlactocatzine», wie ihn seine indianischen Untertanen nannten, in Cuernavaca. Dort sah er ein Bild, das Charlotte als bezaubernde junge Frau in der üppigen Kleidung des französischen Kaiserreichs zeigte – und danach ein Bild der zerstörten Greisin im Sarge. Die beiden Bilder beeindruckten das Kind so stark, daß sie sich zu einem frühen und später in seinen Werken immer wiederkehrenden Motiv verdichteten (so in «Aura», «Geburtstag», «Terra Nostra», «Die Heredias»). «Tlactocatzine» kann man als deren Keimerzählung ansehen.

«Durch der Götter Mund» ist ein «wüst surrealisti-

scher» (‹wildly surrealistic›) Text[10], ebenfalls mehrdeutig: Zum einen zeigt er das Dilemma des Mexikaners, der nach einem modernen Mexiko auch in der Kunst strebt und den die mythische Vergangenheit gerade in der Kunst einholt; zum anderen ist er die Krankengeschichte eines Schizophrenen, eines weißen, spanischstämmigen Menschen im Mexiko des 20. Jahrhunderts, den die Götter Mexikos seiner Identität berauben. Der schwierige, kunstvoll gebaute Text läßt an das «Tagebuch eines Wahnsinnigen» von Gogol denken.
Zwei andere Texte sind politisch zu deuten. Die «Litanei von der Orchidee» ist eine poetische Metapher für das vergewaltigte Panama, das aufgefordert wird, sich von dem Fremden, den Vereinigten Staaten, zu befreien. Zugleich soll es aber anerkennen, daß seine indianische Vergangenheit vorbei ist, daß es sich auch zu seiner spanischen Tradition bekennen muß. Muriel, die Zwittergestalt, der eine Orchidee – die Nationalblume Panamas – aus dem Steiß wächst, versucht, aus diesem bizarren Naturwunder Kapital zu schlagen, und wird zur Strafe von der Wucherblume, die sich in einen Stachel verwandelt, aufgespießt. »Zur Wahrung der Trigolibie» ist eine Satire, ein Jahr nach Stalins Tod geschrieben, in der die hohle ideologische Rhetorik der beiden Supermächte angeprangert wird: Nusitania ist ein Anagramm aus United States; Tundriusa erinnert an Rusia und Tundra; Perupla mag ein lateinamerikanisches Land, vielleicht

Peru, bedeuten, und Troperanen und Troperoken sind Produkte der Tropen. Aber diese Namensanklänge sind unwichtig, der Sinn wird heute ebenso deutlich wie zur Zeit, als der Text erstmals erschien. Der letzte Text, «Der das Schießpulver erfand», wird von einem Kritiker[11] als ärgerlich konventionell und schlecht gebaut abgetan. Mag sein, daß die furiose Beschreibung vom selbstverschuldeten Untergang unserer Wegwerfwelt nicht überall schlüssig ist; wohl sind die beiden apokalyptischen Visionen von Orwell und Huxley großartiger, aber angesichts unserer sich täglich höher türmenden Probleme mit Müll und Gift erscheint Fuentes' Erzählung, obwohl im Jahre 1954 geschrieben, 1988 von einer erschrekkenden Prophetie.
Was ist das Phantastische in Carlos Fuentes' Werk? Alle Texte des vorliegenden Bandes – und nicht nur sie – sind «phantastisch»: Es wächst niemandem eine Orchidee aus dem Steißbein; in Mexiko City gibt es keinen Garten, in dem feuchter Herbstnebel herrscht, während draußen die Sonne brennt. Auch zergeht uns (noch) kein Löffel unter den Händen, und kein Götterbild wird plötzlich lebendig. Das Phantastische gilt uns als ein willkürlich aus der Erfindungskraft, eben der Phantasie, geschaffenes Bild zur Verdeutlichung von Wirklichkeiten, die rational, also «vernünftig», nicht zu erfassen sind. Das «Phantastische» ist eine ästhetische Kategorie, die in der Kunst das psychologische «Irrationale» vermittelt.

Carlos Fuentes verfährt umgekehrt: Als moderner Intellektueller benutzt er seine psychologischen Kenntnisse, um etwas wahrhaft Phantastisches erfaßbar zu machen, daß nämlich die Götter Mexikos weiterhin lebendig seien und das Schicksal des Landes und seiner Menschen bestimmen. Ob das die Überzeugung des Autors oder literarischer Kunstgriff ist, bleibe dahingestellt; jedenfalls liegt hierin ein eigenwilliger Beitrag von Fuentes zur phantastischen Literatur Lateinamerikas.

Diese hat eine lange Tradition, und unter der Bezeichnung wuchert viel Unterschiedliches. Ein Vergleich Fuentes' mit dem anderen großen Lateinamerikaner, Gabriel García Márquez, möge als Beispiel dienen. Die Lektüre von García Márquez taucht den Leser in geschichtsverschlingende Natur: Die Urmutter Ursula Iguarán in «Hundert Jahre Einsamkeit», die am Ende ihres Lebens so klein und verschrumpelt ist wie eine Backpflaume, ist Mythos und lebendige Gegenwart zugleich. Die Geschöpfe von García Márquez sind Naturwesen. Carlos Fuentes dagegen führt uns auf schwanken Boden, unter dem jahrhundertealte Sedimente versunkener, aber nicht toter Geschichte lagern; jederzeit kann sie hochbrodeln, Gegenwart und sogar Zukunft vernichten, wie ein Erdbeben, wie ein Vulkanausbruch. Carlos Fuentes' Gestalten sind Bewußtseinsgeschöpfe, «Gespenster», Schatten aus dem Totenreich, Erben von Mythen, Kultur und Geschichte.

Maria Bamberg

Anmerkungen zum Nachwort

1 Octavio Paz: La máscara y la transparencia. In: Carlos Fuentes: Cuerpos y ofrendas. (3. Aufl.) Madrid 1981, S. 7–15.

2 Carlos Fuentes: Terra Nostra. México 1975. Deutsche Übersetzung: Stuttgart 1979.

3 Carlos Fuentes: Chac Mool. Stuttgart 1976.

4 Ingrid Simson: Realität und Fiktion in ‹Terra Nostra› von Carlos Fuentes. Berlin 1985.

5 Octavio Paz: Das Labyrinth der Einsamkeit. Freiburg 1970.

6 Hartmut Schweitzer: Barbie-Puppen und Biomaschinen... In: Ketchup, Pop und Comic-Strips. Zeitschrift für Kulturaustausch, Nr. 1. Stuttgart 1986, S. 31 ff. Die erwähnten Namen der Ersatzhelden aus Plastik gehören aber offenbar zu den «Masters of the Universe».

7 Anthony Julio Ciccone: The Supernatural Persistence of the Past in «Los dîas enmascarados». In: Latin American Literary Review, Vol. III, Nr. 6. Pittsburgh 1975, p. 45.

8 The Random House Dictionary. New York 1966.

9 Gloria Durán: La magia y las brujas en la obra de Carlos Fuentes. México 1976.

10 Bertie Wilcox Acker Naylor: Themes and World View in the Contemporary Mexican Story. Ann Arbor/Mich. 1981.

11 Ebenda.

Der Erzählband «Los días enmascarados»
erschien erstmals 1954 bei Ediciones Era, México.

Die Taschenbuchausgabe erschien 1982.

CIP-Titelaufnahme der Deutschen Bibliothek

Fuentes, Carlos:
Verhüllte Tage: Erzählungen / Carlos Fuentes.
Aus d. mexikan. Span. übers. u. mit e. Nachw. vers.
von Maria Bamberg. –
Zürich: Manesse Verlag, 1988
(Manesse Bücherei; Bd. 16)
Einheitssacht.: Los días enmascarados ⟨dt.⟩
ISBN 3-7175-8132-5
NE: GT

Buchgestaltung
Brigitte und Hans Peter Willberg, Eppstein